2018 中国诗歌年选

徐敬亚 韩庆成 编选

南方出版传媒
花城出版社
中国·广州

图书在版编目（CIP）数据

2018中国诗歌年选 / 徐敬亚，韩庆成编选. -- 广州：花城出版社，2019.1
（花城年选系列）
ISBN 978-7-5360-8821-4

Ⅰ．①2… Ⅱ．①徐… ②韩… Ⅲ．①诗集－中国－当代 Ⅳ．①I227

中国版本图书馆CIP数据核字(2018)第286342号

出 版 人：詹秀敏
责任编辑：蔡　安　欧阳蘅　李珊珊
技术编辑：薛伟民　凌春梅
封面设计：庄海萌

丛书篆刻：朱　涛
封 面 图：(元) 钱　选　山居图

书　　名	2018 中国诗歌年选 2018 ZHONGGUO SHIGE NIANXUAN
出版发行	花城出版社 （广州市环市东路水荫路11号）
经　　销	全国新华书店
印　　刷	广东新华印刷有限公司 （广东省佛山市南海区盐步河东中心路23号）
开　　本	787毫米×1092毫米　16开
印　　张	19.5　1插页
字　　数	300,000字
版　　次	2019年1月第1版　2019年1月第1次印刷
定　　价	58.00元

如发现印装质量问题，请直接与印刷厂联系调换。
购书热线：020-37604658　37602954
花城出版社网站：http://www.fcph.com.cn

| 目录 |

一年只读一首诗
——序《2018 中国诗歌年选》| 徐敬亚 ……001

北京卷

再也走不进那场战争 | 程步涛 ……001
一条伟大的河流 | 大卫 ……003
在黑暗中写生 | 大枪 ……004
穿过他们 | 老贺 ……005
浙江之心 | 汪剑钊 ……006
在你的房间里 | 王家新 ……007
城市鸟巢 | 王长征 ……008
99.9 平方 | 潇潇 ……009
之所以存在 | 雁西 ……010
山行无诗 | 叶延滨 ……011

黑龙江卷

夜空比以往任何时候都庄重 | 安海茵 ……013
雪与铁 | 包临轩 ……014
白色琴键 | 李东泽 ……015
毛边书 | 李玉明 ……016
最后一点活 | 梁久明 ……017

大哥的苹果 | 宋心海	……018
刀 | 王红军	……019
瓦房村的落日 | 赵亚东	……020

吉林卷

人生经得起几次重读 | 董辑	……021
发烧的骨头会说话 | 董小语	……022
方形世界 | 董轩宇	……023
娱嘿 | 郭力家	……024
我也想尝试赞美这残缺的世界	
——有感于亚当·扎加耶夫斯基的《尝试赞美这残缺的世界》| 马志刚	……025
秋 | 石华	……027

辽宁卷

在路上 | 川美	……029
中秋纪事 | 宫白云	……030
青萍之末 | 李轻松	……031
时间变形 | 李世俊	……032
过壶口镇 | 林雪	……033
观桃记 | 刘川	……035
一滴水 | 宁明	……036
玻璃 | 赵明舒	……037

天津卷

夜的光辉｜朵渔	……038
干涸的河床上有一座孤独的桥｜胡庆军	……039
地球柳｜君儿	……040
石头上那些尖锐的光芒｜刘功业	……041
抢号｜图雅	……042
我的祖国｜徐江	……043

内蒙古卷

给母亲陪床｜敕勒川	……044
忧伤察哈尔｜广子	……045
六月雪｜梁树春	……046
罪与罚｜王笑风	……047
情人节｜未来	……048
南天门北岭小睡｜温古	……049
蓝蝴蝶｜曾烟	……050

新疆卷

暮色｜堆雪	……051
雪，或雪豹｜李东海	……052
荒原的诗性｜刘涛	……053
西边河｜沈苇	……054
沙漠｜王兴程	……055
夏至｜亚楠	……057

宁夏卷

青石阶｜常越 ……058
山魂｜导夫 ……059
尽余欢｜马占祥 ……060
安晚｜梦也 ……060
再写长城梁｜王怀凌 ……061
开合｜杨梓 ……062
杨柳｜伊农 ……063

青海卷

继承｜班果 ……064
隐藏在深处的王冠｜曹谁 ……065
惜墨｜曹有云 ……066
我的忧郁｜耿占坤 ……067
频伽｜郭建强 ……068
高处的青稞｜杨廷成 ……069

甘肃卷

卸甲寺志补遗｜阿信 ……071
饥饿的故事｜高凯 ……072
读卡夫卡《变形记》｜高亚斌 ……073
古鸡鸣寺——赠柳沄、李琦、娜夜｜古马 ……074
一个木匠对一棵杨树的絮叨｜郭晓琦 ……075
母亲节的阳光｜牛庆国 ……076

那遥远的花香｜扎西才让 ……077

陕西卷

大海，孤岛，人｜黑光 ……078
打工的侄子回家了｜霍竹山 ……079
暗战｜秦巴子 ……080
这里是人间的哪里｜三色堇 ……081
自然主义者｜阎安 ……082
我记得一个吻｜周公度 ……083

西藏卷

深陷故乡｜白玛央金 ……084
布达拉之路｜陈跃军 ……085
酥油灯里的阿妈｜德西 ……086
父亲｜李文华 ……087
我有一所房子｜沐心 ……088
忌讳｜其米卓嘎 ……089
一念初梦，一念秋雨｜斯朗拥宗 ……090
伫立在路边的那棵树｜索朗旺久 ……091

四川卷

迎春花｜陈小平 ……093
在映月湖等雨｜胡马 ……094
在一杯茶的旅途上邂逅｜吉树奎 ……095

秋天的多样性｜李永才	……096
剥柚子｜灵鹫	……97
窗外｜刘红立	……97
在笔架山：育新诗｜彭志强	……98
火把｜山鸿	……100
黄昏｜陶春	……101
凉山遇海棠｜凸凹	……103
地球上的金湖｜雨田	……104

重庆卷

美好的循环｜艾蒿	……105
摩围山｜二月蓝	……106
芍药｜华万里	……106
如果｜江睿	……108
离开阳光的日子｜唐诗	……109
远处的声音｜吴海歌	……110
碰瓷｜张智	……111

贵州卷

新基｜段家永	……112
坏消息｜梦乔	……113
时间是命运的携带者｜南鸥	……114
罗布泊印象｜欧阳黔森	……115
黄昏｜伤痕	……116
上帝的糖｜陶杰	……117

独奏｜姚辉 ……118

六棵黄桷树｜袁伟 ……119

云南卷

阳光｜爱松 ……121

母亲的微信｜陈衍强 ……122

怀想｜樊忠慰 ……123

记忆｜耿占春 ……124

只有写下一首诗才能安魂｜海男 ……125

就是这样｜红布条儿 ……126

景象｜雷平阳 ……127

我还在煎鱼｜唐果 ……128

落日中的散步｜温酒 ……129

彷徨奏｜杨碧薇 ……130

那封信｜于坚 ……130

请求｜赵家鹏 ……131

宋瓷颂｜赵野 ……132

山西卷

雾霾倏然散去｜郭新民 ……135

近况｜韩玉光 ……136

在都江堰柳街想起父亲｜雷霆 ……137

回家｜牛梦牛 ……139

飞鸽传书｜唐晋 ……140

席上歌｜王峰 ……141

在红崖峡谷｜姚江平 ……142

生在此山中 | 张二棍 143
遗迹 | 张琳 144

河北卷

笛子声 | 阿色 145
做一把椅子 | 陈红为 146
暮春登榆木岭记 | 东篱 147
复活 | 韩文戈 148
沉鱼 | 胡茗茗 149
空 | 孟醒石 150
京北冬日独坐 | 天岚 151

山东卷

在塔克拉玛干 | 马行 152
良宵 | 梦璇 153
颜色 | 石棉 154
花无语 | 唐江波 154
春风忌 | 瓦刀 155
女巫之夜 | 王桂林 156
蓝印花棉被 | 殷修亮 157
没有一场雨可以复制 | 羽菏 158
大雪倾城 | 周孟杰 159

河南卷

与君书 | 范蓉 160

辛郁说自己掉了牙 | 冯杰　……161
夜行 | 老家梦泉　……162
观赏 | 琳子　……163
日常逻辑 | 森子　……163
落叶 | 邵超　……164
欠下的命数将给出余荫 | 温青　……165
祖母 | 严家威　……166
掉下 | 张鲜明　……167
近景——记"岳阳楼"与《岳阳楼记》| 张晓雪　……168

安徽卷

先生 | 薄小凉　……170
总会有一些词要烂掉 | 方文竹　……171
且饮茶去 | 焦正达　……172
苍凉 | 李云　……174
春天，去看望一位诗人 | 李庭坚　……175
冬景 | 清心　……176
父亲 | 沈天鸿　……177
民谣也有120迈的时速 | 寿州高峰　……178
在港口龙窑 | 帅忠平　……180
默默站立 | 汪抒　……181
半边街 | 王正洪　……182
我为什么喜欢栀子花 | 许泽夫　……183
观黄果树瀑布 | 应文浩　……184

江苏卷

中秋节，是传说还是麻醉剂｜草山 ……185
苦的太阳在夜里是一滴墨｜车前子 ……186
我看见的文明｜黑陶 ……187
房间里空空如也｜李樯 ……188
古筝｜刘季 ……189
在你的子宫里蛰居或游荡｜沙滩 ……190
盛开在这儿停了｜魏欣然 ……191
刀客｜雪鹰 ……192
卢舍那大佛——呈风华、臧北、苏野｜育邦 ……193
贫穷吞噬一切｜宗小白 ……194

上海卷

白色鸢尾｜艾茜 ……196
我在等旧世界传来的消息｜冰释之 ……197
回避｜古冈 ……198
隋梅｜海岸 ……199
渔蚀｜吴跃东 ……201
咏流萤｜叶青 ……202
心底存有往事的人｜郁郁 ……203
归｜朱峰 ……204

湖北卷

每个人都有一座博物馆｜阿毛 ……206

穿越夕光 ǀ 刘将成	……207
石雕 ǀ 谢克强	……208
围墙 ǀ 佘笑忠	……209
自画像 ǀ 张洁	……210
答枕边人，兼致新年 ǀ 张执浩	……211

湖南卷

打刀的老人 ǀ 韩定昌	……212
湖中三日 ǀ 李不嫁	……213
离别辞 ǀ 刘年	……214
秋风起 ǀ 吴投文	……215
梦想国 ǀ 吴昕孺	……216
饮茶 ǀ 幽林石子	……217
鸟叫 ǀ 张战	……218
寓意 ǀ 朱立坤	……219
五月多余的雨 ǀ 解	……220

江西卷

山顶上的雪 ǀ 布衣	……221
在一个具体时间中的蜗牛 ǀ 陈伟平	……222
散却 ǀ 邓涛	……223
走马灯 ǀ 洪老墨	……224
游戏 ǀ 老德	……225
水的雕塑 ǀ 钱轩毅	……226
迷路 ǀ 山月	……227

麦园 | 熊国太 ……228
野味 | 徐春林 ……229
看花的人 | 殷红 ……230

浙江卷

沉默的月亮 | 陈星光 ……231
在落日之间 | 陈鱼观 ……232
够了，江南三月，江南四月 | 黄亚洲 ……233
我的灵魂走过黄土高坡 | 慕白 ……234
妈妈离开我整整半年了 | 泉子 ……235
魔法师 | 天界 ……236
雨水节 | 颜梅玖 ……237
行吟 | 云冉冉 ……238

福建卷

故乡雨天依旧 | 安琪 ……239
听雪 | 巴客 ……241
母亲 | 成廷杰 ……242
等车 | 康城 ……243
从根部到花瓣的距离 | 林秀美 ……244
睡在天下 | 汤养宗 ……245
窗口 | 谢宜兴 ……246
卧佛 | 秀水沥阳 ……247
蝉冢 | 徐小泓 ……248

广西卷

论一种坚硬的柔软 | 吉小吉	……249
低音区 | 刘春	……250
颧骨 | 陆辉艳	……251
梧州小唱 | 汤松波	……252
白布黑布 | 唐女	……253
风的词条 | 田湘	……254
伟大的马路 | 琬琦	……256

海南卷

机缘 | 艾子	……257
来客 | 陈波来	……258
老船木 | 韩庆成	……259
西湖：一个城市的情感写真 | 胡亮平	……260
日月湾 | 李恒	……261
他 | 林江合	……262
播种 | 明桉	……264
山水 | 彭桐	……265
那片海 | 佘正斌	……266
草木回到人间 | 许燕影	……267
致六一居士欧阳修 | 远岸	……268
飞鸟 | 乐冰	……269

广东卷

拟诗记，诗歌史 | 阿翔	……271

花儿开的日子（外一首）| 波儿　　　……272
赝品博物馆 | 冯娜　　　……273
旧木器 | 郭金牛　　　……274
爱惜自己的羽毛 | 蒋志武　　　……275
长江简史 | 赖廷阶　　　……276
巴黎，巴黎 | 李立　　　……278
谁在我的梦里敲玻璃 | 林馥娜　　　……279
共享单车 | 刘郎　　　……280
小雪人不要融化 | 吕贵品　　　……281
深圳的小雨 | 马晓康　　　……282
池塘里的花朵迎风成人 | 唐成茂　　　……283
致光荣了的诗人邵春光 | 王小妮　　　……284
将来的味道 | 谢小灵　　　……285
在兰州，我第一次见到黄河 | 行顺　　　……287
越逃越远 | 徐敬亚　　　……288
又见康桥 | 杨克　　　……289
一个人的海湾 | 朱积　　　……290

编后记 | 韩庆成　　　……292

一年只读一首诗
——序《2018 中国诗歌年选》

_徐敬亚

这倒是一个好玩儿的命题，一瞬间把诗热乎乎地放在手心儿里。

假如，诗在这个世界上非常非常稀有，一个国家每年只能出版一本诗集，每位诗人只选一首诗。再假定，你独独喜欢一位诗人，那么你每年只能读一首诗。

最少量的阅读该多么珍惜啊！

每个字，每个音，每个细小的想法，像嚼了一遍又一遍的甘蔗。

再推导回去，被如此细嚼慢咽消化的这位荣幸诗人，该怎样一丝不苟地写作呢。

那一定是另一个星球上另一套热恋般的稀缺性的诗歌生态系统——但我们地球上的事实恰恰相反，离我们最近最新的事实，非常非常地恰恰相反。

现在的诗太多了，太多了。

昔日的诗歌刊物并没有什么增加，出版的诗集却一定比从前多之又多。可观的是诗已经通了电。在网络上，诗成了汪洋大海。最可怕的是，诗早已悄悄进入了手机，钻进微博、微信，无孔不入地侵入了不匹配的生活。

与我们迎面相逢的这个电子旋转时代，每一天都呈现出前无古人的急切加倍加速的态势。李白与杜甫一生阅读过的全部诗篇，也不会超过今天某个诗歌网站中一个小小栏目的存盘。这巨大的诗歌产量，不仅构成了对所有阅读者视觉能力的忽略，也对所有写作者施加出可怕的嘲弄。当每一位写诗的人穷其一生，不得暗中承担着一以当千、一以当万的数学关系时，其如同高考一样的遴选概率几乎令人绝望。

这就是我们面临的急遽变化的诗歌生态。

当一个变量，变得无穷巨大时，它所造成的威胁，一定是全局。

今天匆匆忙忙的人们，还没有来得及细想一下，诗歌的海啸已经漫过了我们的额头。诗歌的写作与阅读，从来没有像今天这样泡在全民性的文字操练之中。

对，我们来稍微细想一下。

也许，似"追兵"般的数量并没有那么可怕，它们只是象征性地先出发了一小批。它们只是像长坂坡当阳桥边的张飞用马尾拉着树木，在天空中升腾起了一团团烟尘与迷雾……事情坏在我们手里小小的手机屏幕上。我们不该养成每天到网上神游一圈的恶习，不该结交那么多的狐朋狗友，不该轻易地加入到那么多的"害马之群"……

不过，你往后面看，往时间的身后看，往地平线的延长边缘看，滚滚的生命，滚滚的追兵，不正排山倒海地隐约而来吗？

不管是细想，还是粗想，有一个问题谁也无法绕过去。那就是：当诗的数量无限大地超过了我们的阅读能力我们该怎么办？

其实很好办。

我有一个非常管用的好办法。当一位诗人不管遇到任何困难，只要想一下：最好的诗人、真正的诗人，会怎么想呢？

关于写作，真正的诗人说：不管别人怎么样，我每天只写几个字。

关于阅读，他会说：不管超市里面的肉如何堆积成山，我每天仍然只吃三次饭。

因此，我对本年度诗选的读者说：

每年只读一首诗。

徐敬亚

2018年10月10日

北京 卷

再也走不进那场战争

_ 程步涛

即便此刻就蛰伏于阵地
也无法走进那场战争
或者
草丛里还能寻得见弹片
或者
泥土中还能闻得到血腥

这两军曾经对垒的地方
被绿树和青草覆盖着
被蝉鸣和莺啭喧闹着
枪炮声
厮杀声
离我们已经很远很远
曾经的千军万马
曾经的电闪雷鸣
如今
要靠作战地图

以及讲解员讲述了无数次的讲述
与我们的想象
合成

只有这峰峦叠嶂
一次又一次
用它的苍莽逶迤和雄风浩气
让所有来到这里的人
血脉贲张
激情汹涌

走不进那场战争
却记住了那场战争
记住了什么叫生死存亡
什么叫血肉长城
记住了山一样伟岸的先辈的魂魄
记住了日月一般高洁的前人的忠勇

还有山谷里四季流淌的
清澈的涧水
那是一部永远都在演奏的乐章
曲名就叫
民族战争

（原载《人民陆军报》2018 年 7 月 30 日）

一条伟大的河流

_ 大卫

一条伟大的河流是有个性的
敢于拐弯,而且是想怎么拐
就怎么拐
一条伟大的河流
敢于把自己给杀了
敢于用汪洋恣肆
甚至决堤,否定自己

一条伟大的河流,甚至有
伟大的脾气
看到不顺眼的,就派芦苇与野花
去占领它,摧毁是常有的事
一条伟大的河流敢于
把自己拎得
比大地还高,一条伟大的河流
敢于把上游的波浪
拿到下游来用,敢于
在经过的地方
留下平静而真实的天空和
沙哑的鸟鸣

一条伟大的河流敢于

把自己给废了
在大地上俯下身子
让任何想接近的人
都能接近
约束水但又顺从
水的意志

多小的花儿，他都愿意抱在
怀里，可以随时转弯
也可以随时站起来

一条伟大的河流
可以随时把灵魂留在
他喜欢的地方
而身体，又不走样

（原载《草原》2018年第1期）

在黑暗中写生

_大枪

画笔最早捕捉到的
是两根平行电线
地线是我的母亲
火线是我的父亲
我不用仰头就能感受得到

这对从遥远的地方来
又到遥远的地方去的
父母。它们穿着单薄
和这个臃肿的冬夜不相称
我想画得取向明确些
但万物都拥有复合色
我看到黄水绿水白水
从它们身体内淌过
我还看到汗水血水泪水
也从它们身体内淌过
淌着淌着,这黑夜封冻着的
世界,刚来得及"哎哟"一声
就从屋顶下面,开出无数朵花

(原载《延河》2018 年第 2 期)

穿过他们

_老贺

走在陌生的城市
就像走在德尔沃的画里
没有过去,没有未来

他们隔着镜子
喊我,跟我打招呼
挤眉弄眼,搔首弄姿

他们向我展示各种生存的形态
朝九晚五，生老病死

他们想绕过黄昏
去我的故乡找我，
叫醒我！修改我的年龄
籍贯、性别、身世

而我此时正在穿过他们
就像穿越我的一生！

（原载微信公众号"诗歌岛"2018 年 9 月 14 日）

浙江之心

_ 汪剑钊

据说，磐安是浙江的心脏，
掌管着诸水的循环。
于是，我越过微弓的黑背脊，
抚触脉管，开始捕捉它的搏动，
以此排遣郁积的孤独。
借助萤石之眼，我看见高达百丈的瀑布，
十八个漩涡翻卷十万朵梨花，
火山岩也以花瓣的方式四下飘飞，
跳起了自由的彩环舞……

对于水，我素来怀有深切的好感，
并非出于泛滥的温情，
也肯定与浩瀚的联想无关，
这实际是语言的另一条平行线，
液态的柔软蕴含晶体内在的坚硬。
那嵌入肉体的灵魂
到了冬天，露出骄傲的骨头，
点燃一盏冰灯，映衬绿叶，
也照亮满地的枯草。

浙江是我的故乡，但磐安似乎不算，
复杂的方言是一枚枚尖锐的松针，
刺痛了曾经灵活的舌苔……
但今夜，我与村民的交流不再有障碍：
一杯清冽的土茶，一个会意的眼神，
一小碗醉红自暖的米酒，
一双手紧握另一双手，
此刻，八颗心脏在心脏深处跳动……

（原载《诗刊》2018年第6期）

在你的房间里

_ 王家新

在你的房间里，无论你的墙上挂的
是一匹马，还是大师们的照片，

甚或是一幅圣彼得堡的速描，
都会成为你的自画像。

而在你散步的街道上，无论你看到的
是什么树，也无论你遇到的
是什么人，你都是他们中的一个……
你已没有什么理由骄傲。

(原载《天涯》2018年第4期)

城市鸟巢

_王长征

一个个孤独的鸟屋
架在冬日荒凉的枝丫上
故乡的风追着鸟羽来到城市
随之而来的还有鸟背上的云朵
以及尘满面鬓满霜讨生活的乡亲
寒夜让他们多了共同的话语

漫长的季节久久沉默
两片遮风挡雨的枝杈
顽强地扎下飘摇的根须
从此，时令节气与土地毫不相干
只有特殊节日才显现一些虚浮的繁华
家再也不是固定的寓所

成了潮水中飘荡的小舟

当繁华落尽暴露出光秃秃的本质
鸟巢犹如一盏没有隐私熄灭的灯
不得不舍弃那个温暖的小窝
去马路对面的树上重新筑巢
待春风吹来草木欣荣
它们又开始编织新的向往

我停下匆忙的脚步
想爬上树
去拥抱这些陌生的乡亲
和它们聊一聊盛开的梨花和成熟的麦子
甚至想躺进鸟屋
嗅一嗅那令人熏熏欲醉泛着潮气的树枝
好好感受片刻的宁静和温馨

(原载《延河》2018年第7期)

99.9平方

_ 潇潇

我的爱正好99.9平方
可以安放一张会隐身术的床
和一间白纸黑字的书房

开放的客厅
私通荡漾的大海
几朵耍性子的云在天花上悲伤

我的爱小于一个妻子
是爱的圆周率的 N 次方
是肉肉,是心肝偶尔的小刺痛

连你责怪、批评的语调
也是宽阔、和善而性感的
让我有些耍赖,着迷

有一天
如果你爱不动了
那一定是我的 99.9 平方越来越小
不是你的错

(原载《特区文学》2018 年第 2 期)

之所以存在

_ 雁西

在读纸上的声音
一群群鸟,从书中飞过
那些遥远的人和事,之所以存在
比如数万年前的盐粒,再比如

数亿年前的恐龙化石
她是谁、我是谁已经不重要
重要的是彼此
是否爱过,是否真爱过
倾斜在山坡,有时也倾斜在山巅之上
比如池孜坑的小山坡,金陵雨花台
比如科尔沁草原,青海的青海湖和塔尔寺
比如泰山,九华山,和洪江的拉佑山
回望生命和时光
静静欣赏一片云彩的缥缈
和天空的亲近与无限
我突然落泪
像暮秋最后的树叶
哗啦啦的,像在欢呼什么
难道不能告别,死亡也是幸福?
那些遥远的人和事,之所以存在
是因为可以被缅怀
可以被铭记,已经结束
却称之为永恒

(原载微信公众号"今日诗坛"2018年7月25日)

山行无诗

_叶延滨

松下无童子

我提醒自己这是旅游
不是在读唐诗

山涧无清泉
我想还是抹去这句诗
众山阻止了我

我手中的那张门票
不是野僧远投递的请柬
隔了千年
想投也难

脚在山道上踟蹰
脑子却在书柜里巡逡
该是第五页
该是第三行了

书页中众荷喧哗
一颗露珠沿着荷叶滚动
竟然滚下荷叶
挂在……我的腮前!

(原载《星星》2018年第4期)

黑龙江 卷

夜空比以往任何时候都庄重

_安海茵

现在,一切都安静下来
雷声隐在了云层之上
我一直在赶路
甚至超越了那空泛的雷声

昆虫们不再合唱
那甜美的令人惆怅的合唱啊!
啾啾的奏鸣　是秋后的逝曲
很快,白雪将覆盖苔原与山川

夜空比任何时候都显得庄重
守住了比夜晚更缓慢的星光
旋转着　迷幻着　眷恋着
它微侧了身子　仅容我一人经过——
它的席位平素隐身　黎明前以火把显影

(原载《诗歌风赏》2018 年第 3 卷)

雪与铁

_包临轩

当雪在大地铺开,犁与剑的沉着
更像是不动声色。
雪落的过程,和落下后的无垠
没有任何响动

那些铁器,从前何等锋利
此刻,只以斑斑锈迹,和雪
保持着默契

这就是冬天!风在雪上面,徒然地奔走
无法吹散遍地银色
即使雪是轻盈的,即使它随时化作片片白羽

铁器,隐身于雪下
似乎也是安静的。但锈迹
铁的一层外衣,似乎可以随时褪下
期待的,不过是某个契机
和一场新的磨砺

这大地的牙齿,可以撕碎踏来的铁蹄
或者,重铸为一柄柄倚天长剑
斩立决,裁天地

但现在，只有无际涯的雪
覆盖冻馁的植被
雪之下，散落的冷兵器们一声不吭
等着
破雪而出

（原载《诗刊》上半月 2018 年第 3 期）

白色琴键

_李东泽

沿路并排停放的
一辆辆轿车
车顶被昨夜的大雪覆盖
周围都已被人
清扫干净
露出黑色的柏油路面
像是与老天合作的
一架钢琴
我真想跑到楼下
把那辆违停的轿车也推进去
按动那白色琴键
弹奏一曲

（原载《十首诗》2018 年第 3 辑）

毛边书

_李玉明

买到了我爱的诗集
千分之一上市的毛边书
它比普通的版本,加长加宽几毫米
真正的不修边幅,真正的任性
像初醒的、离我们最近的人
还未及洗漱,穿着拖鞋
头发蓬乱,打着呵欠
我爱这有缺点的书
左手轻轻捻开书页
右手拿着刀,小心翼翼分开粘连
像从苦难中取出可能存在的惊喜
更像从母体中
接生另一些自己

(原载《太阳河》2018年第5期)

最后一点活

_ 梁久明

总是这样。有的人将最后一点活
扔在地里就不管了
任大雪覆盖、北风刮走
就像一篇文章
一路铺排下来
到了结尾却如此潦草

旁边的苞米地里
那些秸秆长短不一地站着
身上留有烧焦的亮黑
我还在一棵一棵地割着
然后把它们拉回村
垛在它们应该在的地方

其实,比较起所下的力气
这最后一点活真的没什么价值
而我就是喜欢
收笔的干净利落

(原载微信公众号"诗探索"2018年8月29日)

大哥的苹果

_宋心海

大哥从来不吃苹果
他见到苹果就躲
很害怕的样子
当兵的时候
几个战友硬往他的嘴里塞
牙挤掉了一颗
他把带血的牙吃了
也没有吃那个苹果

一转眼,大哥去世几年了
临终的那一刻
他也没有吃一口苹果
我妈说,大哥是爱吃苹果的
但是他不敢吃
尤其是别人给的苹果
他怕还不起
我妈说,那些年日子苦
吃不饱也穿不暖
大哥从来不爱说话
他把自己的心当成苹果
生生地,咬碎了

(原载微信公众号"陈斋新韵诗"2018年7月4日)

刀

_ 王红军

一截金属
经历一场浴火
便可寒光照人

一旦被握在手中
意识便是那最坚硬和锋利的
部分
举起与落下的空间里
无所不能

时间也是一把刀
只不过
它一边杀伐一边疗伤
我们竟全然不觉

(原载《海燕》2018年第9期)

瓦房村的落日

_赵亚东

瓦房村的落日
被高高的天线划开一道血红的口子

它每一次下沉
都让我想到人世的晚景
和那些刚刚
沉到地平线下的人

它每一次彻底隐去面孔
都让我手足无措,瓦房村的落日
我从不奢望再升起

(原载《诗刊》下半月2018年第7期)

吉林 卷

人生经得起几次重读

_董辑

我曾无数次翻开它
这本书。在我的青年时代
我曾无数次读过它们
这些峡谷一样蜿蜒曲折的诗句
我的心曾像个赶路人
穿行于其中
向着一抹一抹诗意的蔚蓝
我曾带着它上班,下班
在寒冷的体育教研室
在人声嘈杂的总务室
在二楼那寒酸但干净的新婚之家
从它的书页中,卸下石块与黄金
把我单薄的青年之梦
压牢在生活的甲板上
它曾是一座花园,让我的心成为蜜蜂
它曾是望远镜,让我透过它寻找未来
它只是一本书,一本

出版于一九九六年的博尔赫斯
我曾在哀愁时读它,它让我更加哀愁
我曾在欢乐时读它,它令我无比欢乐
现在,我又一次读它
读它字里行间的日出
读它这页那页的星辰
我读它,在我脸上慢慢变湿的
已不是当初的那双眼睛

(原载《字逍遥》,浙江工商大学出版社 2018 年 9 月版)

发烧的骨头会说话

_董小语

已经没有什么可发烧的了
除了感冒。仿佛盛夏的热
又回到了体内,骨头以酸痛之姿
举手发言,就像在身体上
发了一条微信,刷新了存在感

其实它一直都存在,就像某些疾病
一直都在,我以骨气之类的词
对它循循善诱,但有时我并不敢
称它的重量,是否足斤足两

这些年我多次发烧,看它在不同的方位

描述火的形状。发烧的骨头会说话
在说火有时是盲目的,在说
有时就连发烧本身,也是盲目的

(原载《作家》2018年第1期)

方形世界

_董轩宇

乘方形的电梯
进入方形的大楼
在方形的房子里
躺在方形的床上
用越变越方的手
握着,方形的手机
在方形的屏幕上
操纵方形的游戏人物
然后,透过方形的窗户
看一辆辆方形的汽车
在方形的街道上
开远

方形的课本
是否已教出
方形的思维
方形的思维

是否将带来
方形的未来
方形的未来
是否将遍布
方形的人类
方形的人类
是否会拥有
方形的宇宙

我停止敲打方形的键帽
审视这方形的宋体
面对方形的界面
眨了几下
不方形的眼睛

(原载《诗东北》2018年下半年卷)

娱嘬

_郭力家

1

孔子发现了糊涂,取名中庸;
老子发现了糊涂,取名无为;
庄子发现了糊涂,取名逍遥;

墨子发现了糊涂,取名非攻;
如来发现了糊涂,取名忘我;
老家发现了糊涂,取名娱嘿。

2

你欢喜,哪里都欢喜。
你阴暗,哪里都阴暗。
你祈福,处处可祈福。
你忏悔,时时可忏悔。
你如我,时时可娱嘿。

(原载《小诗界》,吉林出版集团 2018 年 3 月版)

我也想尝试赞美这残缺的世界

——有感于亚当·扎加耶夫斯基的
《尝试赞美这残缺的世界》

_ 马志刚

我也尝试赞美这个残缺的世界
被人误解,受了辱骂
很多委屈自己买单
无数丰满和辽阔的忧伤
都要在下一个出口或站台忘掉

我也想尝试赞美忧郁的控诉
尝试体会所有不请自来的烦恼
这些烦恼被一个个时光照耀
就像在薄情的世界里深情地活着

我，尝试赞美剧烈的心痛
它因漠视个体的不幸出尔反尔或因噎废食
用陈词滥调掩盖卑劣行径
可笑一切狡猾都要露出狐狸尾巴

我也尝试赞美收入的不公
为一件小事，过分地消耗不值当的经历和怨恨
无力颠覆现实的拥堵和日益严重的雾霾
咽下一度失足的迷茫和愤怒

我尝试谅解一切恩怨
还要谅解笑里藏刀和暗藏心机
因为他可能为了抹去我而伤透了脑筋

我依然要尝试赞美这残缺的世界
它是那么地完美
它的完美像是一个含蓄的女人
我却找不到向她表达爱意的方式

（原载《海燕》2018年第9期）

秋

_石华

这个秋天教导我
除非以欲望来分野
冷热不能连接
美丽不过是心灵的出轨
入轨就是生活

这个秋天做了多次切割
不再惧怕刀锋
果实成熟
不是刀口就是坠落

嬉笑怒骂筑一道藩篱
要为每一个表情负责

从青春走向中庸
谁的灵魂里竖满疑问
像颗颗尖利的钢钉
针刺着情感的贪念

坚守是一种拯救
得把自己撕裂
使疼痛更加壮大

以求迟钝的慰藉

可是接下来的无数个秋
担心熟透的果实跌入沉默

想像力枯竭了
人类会死去
想像力枯竭了
我才好安静地活着

(原载《春风文艺》2018 年第 2 期)

辽宁 卷

在路上

_川美

感觉到累,途中坐下歇脚
一块状似表盘的石板
我坐在午后三点的位置

望着远处,还有很长的路要走
目的地隐藏在尽头
时间尚早,也是午后三点的样子

不久,出现一位年轻人
安静地靠近,像个四蹄小动物
他坐在九点上,我扭头看他,没说话

早春,万物从寒冬里逃出来
仿佛太阳也躲过一劫
适度的放松,让人倦怠
两个不相干的人,有无话可说的好
背对着背,靠近,挨在一起

十分美妙,像磁铁的阴极和阳极
宇宙那么大,木星也是小星星
后来的事情我一无所知
真的。再后来,天就亮了

(原载《诗歌月刊》2018 年第 1 期)

中秋纪事

_宫白云

月到中秋时
带着我出城躲债的母亲老了
当我从城外折身返回
月亮的黄金已褪尽

此时的银白像黑夜里无助的母爱
满屋子空气尽是牺牲
1987 的酒碗敲打我的牙齿
桂花开在窗外
骑着晚风赶赴城中的邮递员
捎回天堂口的信

后来我把它葬于一条江水
那天的月亮又大又圆
看不见的手
使劲拽着我的神经

像母亲拼了命拽住的绳索
像我找个人
就往死里爱的疼

瞧，水里月亮的圆满
经不起一枚石子
它的碎裂里含着多少戳破的人生
我捞着水中月
像捞着母亲的鸡蛋饼

多么艰难啊
再过一会儿
十五的月亮就到了十六
对失手打碎的镜子
我忽然有了修补的冲动

（原载《中国诗人》2018年第3期）

青萍之末

_李轻松

风起之处都是细小的——
在青萍之间，起于一念。
我被风劫持到此，爱被蒙了面
我一步三摇，碎步行至空旷处
那绊倒我的水袖、水草和水仙

都在风中退后、观望。
是一段唱腔将我扶起：
"眼看他起朱楼，
眼看他宴宾客，
眼看他楼塌了——"
我的桃花扇刚刚打开
更大的风雪就封了我的口——
我要借的是东风还是西风？
都被一把刀抹杀。被闪到一边的蝴蝶
一半吹到湖面上，一半吹到林梢上
我忍住春天，忍住鸟鸣里的水、万物里的金……

（原载《诗林》2018年第4期）

时间变形

_李世俊

一直倔强地相信太多最重要的东西
没有保质期和新鲜度
比如事物，季节，风霜和水土
比如酒，茶和生活
爱情，亲情友情，同学情战友情，师生情
爱国爱家——爱与恨
苦和乐

我承认，我低头，我错了

有，真的有，太多了
而且这一切都与那个万恶的事儿有关
顺着一条线索，找下去
拽着那断烂麻绳
捋到头

可以见到它的真身——保质期
有新鲜度的东西都将
成为过去
像一枚枚锈迹斑斑的铜钱瞪着四方眼
将整个世界夹变形
顺眼角落下的不是泪和盐

（原载微信公众号"诗赏读"2018年7月27日）

过壶口镇

_林雪

两个壶口镇：西边陕西，东边山西
它们对我都一样美
导游说山西这侧可看黄河之浩浩
陕西那侧可观黄河之汤汤
黄河如此慷慨公允，捧出了自己的私酿

从源头牵出细流如牵出幼崽
一路徘徊过，迷途过，折叠过

任人间用时序体作传
而我此生也晚、所来太迟
从被俘虏的漫长岁月里一两首诗
几声夯碾号子
到被传染的墨客口吃症
借醉酒的黄河骈文

沿着哪条河航行，就唱那条河的歌
这是诗书和谣曲的魔法教学
人、畜和工农业都渴饮你的水
你的全部意义就是奔流
电、光与能量只是人类索取的副业
你挟走土表的部分、是你溺爱的部分
而一路抛洒的可以再次称国

盛世流行诳文，而乱代升华风骨
你在壶口出发
留下中央的、首府的、国度的身姿
汇聚出社区和乡愁的政治中心
跳跃在你波浪上的诗句
是历史上几个好学生的范文
他们做官、漫游，用一两首诗做台账
在水面摇曳着远去
而一大拨年轻的乡愁正渡过河去

（原载《临沂日报》2018年7月12日）

观桃记

_ 刘川

春季观花
随旅行团一百多人
进入桃园
我与其中二人
交情甚好
却并无
结拜之意
我只为偷偷
折一枝桃花
回到城中
穿过拥挤的
八百多万人
进入一间空屋
插入空瓶

(原载《深圳诗刊》2018年第1期)

一滴水

_宁明

一滴水就是一场大型的集会
那些细小而卑微的水
只有齐心凝聚起来
才能发出叮咚一下的微弱声响

水,是天底下最温顺的臣民
一切有个性的器皿
都是水的统治者
站起或趴下,从来不是由水说了算

水喜欢和比自己地位更低的人在一起
比如被埋没的根,或流放的河床
当一滴水遇见另一滴水
一个拥抱就会成为彼此不分的亲人

但一滴水若被寒透了心,也可能
去冒险做一粒复仇的子弹
其实,再尖锐的冰也并不可怕
只需几句暖心的话,它们说化就化了

(原载《星星》2018 年第 2 期)

玻璃

_ 赵明舒

玻璃的平静到头来是一声巨响
玻璃开口说话,句句都是遗言
它和我们一样脆弱,不会永生

玻璃的光滑,也可能促成一个伤口
它甚至比刀子更来不及躲过
比如你想打碎它,它会反咬一口

有时候玻璃更像一面镜子
对着它就能看到自己
更多的时候透过它,看到的却是别人
还有一种玻璃戴着太阳镜
你什么也看不到,却被别人一直看着

一些污渍挂在玻璃上,使玻璃更真实
我们习惯对它视而不见
我们的周围到处都是玻璃,都被擦得很干净

玻璃也有性情。只是我们很少去注意
阴雨连绵的时候
我们忧伤,它也忧伤着
我们能够忍着酸楚,它已在窗上泪流满面

(原载《琥珀诗报》2018 年第 2 期)

天津 卷

夜的光辉

_朵渔

那是我坐绿皮车去为一位诗人送行
赶回来时已是夜深
小镇安睡在华北平原上
如一枚蛋孵在上帝的腋窝
万有在夜空中化为诸神的气象
大气稀薄如一层膜
猎户座高悬在头顶
腰带三星如安静的药丸
夜的光辉如黑暗所剩余的部分
收敛起大地上所有溃散的光
深沉的睡眠让人间变得这般寂静
一只兽迅疾的身影在街角一闪
万籁俱寂中,我仿佛听到死者
在跟维特根斯坦轻声耳语:
让我们做人——清晰,沉闷
如同静夜里一声蓝鲸的咳嗽。

(原载《山花》2018 年第 3 期)

干涸的河床上有一座孤独的桥

_ 胡庆军

干涸的河床上有一座孤独的桥
让荒凉之上的欲望沉重,如同生命

这里已经没有了最后的叙述者
在光阴的节点上,已经没有了此岸和彼岸的遥望

失去了水的陪衬,疯长的野草
让桥成为了一座枯萎尴尬的建筑

龟裂的纹路,繁衍成四散飘零的烟尘
谁在桥上呼喊,刺痛了记忆的神经

那些依稀辨别的印痕,是光阴的泪
一份哀伤,浓缩了我多少经年的愿望

或许就是一场宿命,每个人都有自己的解读
情感,让一只鹰放弃了一条鱼干瘪的尸骨

这个季节,我用虔诚祈祷
让一滴雨的穿越,唤回曾经所有的景象

(原载微信公众号"冯站长之家"2018年7月25日)

地球柳

_君儿

弟弟告诉我
美国的谷歌地球
能定位到老家的老柳树
只要找到了它
也就到了老家
30 年前我大学放假
和父亲一起下地干活
发现了这棵柳树苗
求父亲把它挖来
栽在门前的水坑边
如今我一个人
都已抱不住它
三个亲人已故去
它却上了天上的地图

(原载《新世纪诗典》2018 年 9 月 2 日)

石头上那些尖锐的光芒

_ 刘功业

石头上那些尖锐的光芒
他把月色拧出水来
他把太阳拧出水来
一下一下
把生锈的日子磨出光亮

菜刀。剪子。
这些世俗的器物
这些把冷与热,生与熟
在俗常中也把感情
经常操演到迟钝的器物

小街口。磨刀老人
脏兮兮的脸布满风霜
笑意缓缓绽开
翘起蘸水的拇指
试一试刀口
生活重新锋利起来

(原载《天津日报》2018年6月7日)

抢号

_图雅

某大学财务报账大厅
早晨五点就有人排队
现在变成网上排队
该校理工男
争先恐后发明小软件
抢号
把抢到的号
卖给需要的老师

（原载图雅新浪微博2018年8月3日）

我的祖国

_ 徐江

早晨又听到
邻居的敲敲打打之歌

好像每一处的邻居
都爱敲敲打打

所有的邻居
请回到幼年吧
用你们的小手
拿起锤子
在清晨的同一时间
敲敲打打

（原载徐江微信朋友圈 2018 年 8 月 16 日）

内蒙古 卷

给母亲陪床

_ 敕勒川

躺在病床上的母亲像一个婴儿
虚弱，安静，面色潮红，事事
都要依靠儿女们，仿佛小时候，我们
依靠着她一样

她说回家，她说她拖累了儿女们……
她的手颤巍巍地抓着床单，像一个做错了事的孩子，不住地
说着自己的不是，那份惶恐和惴惴不安
让我心酸

母亲，其实我比你更加惶恐和惴惴不安
父亲早走了，如果你再走了，我就成了孤儿，你让我
去找谁喊一声——
妈妈

世界那么大，妈妈，只有你可以让我坐在身边
只有你知道我哪一顿饭没吃，哪一刻

就要快支持不住……可妈妈，我是多么惭愧啊
此刻我更关心的，不是你，而是你的病

作为一个贫穷的诗人，我没能让你过上更好的日子
就像此刻，我还在为明天的医药费绞尽脑汁
母亲，你给了我生命，可我
却只能眼睁睁地看着你，一天天虚弱下去……

从没有想过你会离开我们，仿佛你不会老，会
永远陪伴着我们——
静静的夜晚，静静地在母亲身边坐着
这样的日子，已经不多

（原载《绿风》2018年第5期）

忧伤察哈尔

_广子

夜晚没有风，就像羊圈里
找不到一只羊。或者往月亮的
肋骨插入一把透明的刀
田野上，哀歌遍地
那是为一只鹌鹑举行的追悼会
荞麦和葵花低头默哀
天鹅湖彻夜不眠，天鹅都去了远方
察哈尔从未这么忧伤

和天鹅一样,我初来乍到
和我一样,候鸟也没有故乡
但察哈尔不一样,只要
辉腾梁还在,翻过眼前的火山
就可以向白音查干再借一片草地
让落日安家。风雨过后
明天的山岗还属于雪龙黑牛

(原载《诗刊》下半月2018年第2期)

六月雪

_ 梁树春

微信说打工在外的男人组织临时家庭
小丽母亲的心里就着了火

六月杨树叶茂的时候
一场大雪压了过来
夜里不断传来"咔、咔"的响声
小丽的奶奶说　树枝都压断了

天放亮
小丽的母亲扎了块头巾
就去公路林带拖树枝
衣服湿透了
回来换了三次

她暗暗感谢六月雪

这里缺柴

午饭时说　够一年多烧的了

雪化后她找拖车拉回来

垛了两大垛

把六岁的小丽留给奶奶

就登上火车去找打工的老公

（原载"中国诗歌流派网"2018年6月3日）

罪与罚

_ 王笑风

我在草原上常听到海鸟的鸣叫

家园有时会变成陌生之地

海鸥、白鹭、红喉潜鸟和黑脚信天翁

随着苍白的流云

像流云中的一部分

哗响着漫天飞过

无边无际的空旷啊

米松叫声寂寥

虚无中的另一只狗

让它茫然无措

我站在半空中看到

远处巨轮倾斜
就要完全沉没
我恍惚记起
我是个灯塔看守者
某一夜忘记了点灯
因为我的错失
在这片土地上
天使撤走了我的大海

(原载《草原》2018年第4期)

情人节

_未来

夜深了，灯不知道醒了多少回

我听见雾化的声音
久于月亮受伤的身体

走廊向右，流水的微澜
——与运命呼应

醒来的时候，枕边的充电器还有余温
提醒我万物无非虚耗

我不清楚情为何物

不过我明白
爱是致命的,终不致死

(原载《草原》2018 年第 6 期)

南天门北岭小睡

_ 温古

五十华里外的南山,裹着一头白云
嚓嚓移动,靠近我的窗口

月光哗哗的流淌声,来自它的岩体腹腔
还有风的呼啸,夹杂着马蹄
踏出一条历史的走廊,穿过大地黑暗的肠胃

树枝晃动,惊扰多少史前的鹿群
必须在神仙醒来前,这些都要退回
到岩画稚拙的线条里

常常是在与月亮的对峙中
一头黑牛,更像一尊神
迟疑地返回一座山的位置

落叶萧萧,峡谷里的风
彻夜翻阅一本《楞严经》,俗世上的尘土
只要落着,我就不忍心醒来

(原载《草原》2018 年第 1 期)

蓝蝴蝶

_曾烟

之前,它住在一株香草的身体里
之后,又住进一截陈旧的木桩里

不见花朵,它隐藏在生活的枝叶下
倒立,旋转,微微展翅
当她误入,并亲手点燃一束篝火
它就飞出来,落在
她的肩膀、额头和发梢
片刻就飞走了
它组合了一首诗,又拆分了一首诗的
过程,很短暂
仿佛她刚刚提笔,生命
已过了大半

(原载《草原》2018年第8期)

新疆 卷

XIN JIANG JUAN

暮色

_堆雪

黄昏时分,我走在
一条通往低处的路上
雨后青瓦,正在收敛
这一天的最后一缕夕光

群山环抱。抱紧我
谁有足够的力量去挽救空白
表情,像松弛下来的泥土
温热的胸腔,只有青苔依旧生长

你所深爱的人
已经不再说话
颤抖的高枝上
静静栖息着一只凤凰

九月,漫山遍野的苹果红了
糖果,已经成为一座村庄的过往

放下时间。看夜色穿起新衣
尘世之光,会被一盏灯收藏

(原载《中国诗歌》2018年第1期)

雪,或雪豹

_李东海

2018,二九之末
雪,突然袭击了我的城市
白茫茫的,铺天盖地的雪
围困了乌鲁木齐
像雪豹围困着山谷
一只多大的雪豹啊
卧在了准噶尔盆地
斑斑点点的,俊美威严

雪豹
一只下山的雪豹
沿着天山南麓扑向我们
斑斑点点

二九之末
一只巨大的雪豹扑向西部

(原载微信公众号"最诗刊"2018年7月17日)

荒原的诗性

_ 刘涛

当诗性被蒸发掉
一群骆驼被赶进山坳
它们身上散发着强大的骆驼性

在荒原被定义之前
一定是那些见识过非荒原的人在操纵
"眼下是一片毛茸茸的沙漠呢",李娟写道
碎裂的眼镜片呈辐射状
另一片从中间垂直裂开

就用这样被肢解的目光阅读荒原
越来越低的雪线溢出笔端
活在一部地名手册中
设法让自己更加讲究
但荒原给我的尺度有时还不够

纯粮酿造的一本书
读起来烫手
但是想吃山药的人很多
追赶走散的生活

在这里

把所有热情耗尽
即将依靠批判来生活

(原载《品位·浙江诗人》2018年第1期)

西边河

_ 沈苇

家宅被拆后,东边修起工厂围墙
早晨和傍晚,一天两次我往西边走
穿过挤成疙瘩的新农村建筑群
农人在可怜的一点空地上种菜养花
我认识丝瓜、扁豆、丹桂、枇杷
后来又认识了秋葵、木槿和薜荔
浑浊小河通往大运河,看上去似乎
还活着,但谁也记不得它的名字了
有人叫它围角河,有人叫它西塘河
还有人叫它徐家桥的那条河
第一天,在河边看到钓鱼的人
他的耐心终于钓到一条小小的鳊鱼
第二天,有人给簇新的油菜苗浇粪
一勺一勺,像我小时候看到的动作
第三天,在河边想起儿时玩伴红鹰
家境贫寒,从小干粗活、重活
九岁溺水死。苦命而好心的她
是否已投胎转世在一户好人家?

第四天,从远方飞来一只白鹭
浊水沐浴,在一棵柳树下整理羽毛
休憩,好奇地望着黯淡下去的水面
第五天,我就要离开了……起风了
秋风吹皱河面,喜鹊在杉树上筑巢
父亲说,今年的巢比去年低了些
说明明年不会有洪水了……

(原载《草堂》2018年第7期)

沙漠

_王兴程

狂风过后,世界重新回到平静
有人在沙子上摁了一个掌纹
一个符号里
有着难以领悟的规则和暗示

但是你看到的仍然是无穷无尽
用荒芜来演绎世事
是的,它告诉你世界的尽头
只能用荒芜来解释

没有往事
也不会在往事中沉浸太久
瞬间可以抚平或重新塑造新的情节

有着不停变幻的曲线，波浪一般自由
似在游戏，但无关乎宗教和信仰
它只告诉你属于自己的真理：
可以沉迷于幻想，但真相永远存在于猜测之外

它沉默，世界悄然无声
它流逝——
最终保存下来的
还是一颗起伏不定的心

风停不下来
风带着决绝的心情
等待之后，其实时间也可以吹走

"与世界相比，我已储存了足够的耐心"
吹尽黄沙，掩埋者给出无数种传说的依据

究竟发生过什么，最后一刻？
这个下午，你翻开的史书只能是一个逗号
在塔克拉玛干，最初的风
和史书毫无关联

（原载《人民文学》2018年第1期）

夏至

_亚楠

一场暴雨。又一场
暴雨。雷声把蛙鸣逼入黑暗
和一片废弃的河湾

在转换过程中
麦子黄了,绿叶频频招手
遁入夜幕的鹧鸟

从响雷中惊醒。它
抖动着,一身明晃晃的羽毛
浸在惶恐里

"都会过去的。"雷声
之后,火龙还将
焚烧你,和你的图腾

(原载《天津文学》2018年第2期)

宁夏卷

青石阶

_常越

我独自坐在武当庙的青石阶上
被风吹来的落叶
一片又一片,自然而平整

风突然停了,连同整个树林
都静得可怕,并且逼着阳光
轻轻地退了一步

(原载《诗刊》下半月2018年第4期)

山魂

_导夫

在群峦兀自摊开骨架和灵魂的清晨
阳光干净利索地晒遍每一个角落
贺兰山脉　轻轻地
俯及银川平原　几度起伏
它们优美地成熟地
结束在黄河蜿蜒的平缓地带

这是极其庸常的日子　我确定
那色彩和声音　那形容和速度
那些曾被凶猛的山洪裹挟而下的
浑圆的奇异的粗粝的低贱的石头
如同天上的牙齿丢落在人间的门面上
它们蹲在那里　卑微地端详着彼此
并带着它们亘古的信仰和沉默的忠诚

(原载《诗刊》下半月2018年第8期)

尽余欢

_马占祥

我荒废的夜晚漫长。山河抽象：风吹不动矗着的槐树
槐树不值得书写——槐树总是在凋落最后一片叶子后
才露出骨头，等春风再来
我还保留昨天的余温，给你的信笺上小楷写出花朵的抒情
不像坏人的语气：说往事，说掌故，说我还爱着你
像个孩子，一个字一个字地说
有时忘了断句，忘了像写诗一样，省略掉出处

(原载《中国诗歌》2018 年第 3 期)

安晚

_梦也

仿佛是一盏灯？

你就是灯!

照着衰老的母亲
照着她身体里那条隐秘的
倾斜的时间坡度

像突然升起又静止的旋风
中间是一个漏斗状的虚空
它或许并不存在
然而它——
绝对安静
像一个被祈祷的花园
我被安放在漏斗中间

(原载《延河》2018 年第 4 期)

再写长城梁

_王怀凌

我不写烽燧,不写垛堞,不写狼烟,不写马蹄,不写血光,不写坟冢
亦不写残垣断壁
荞麦花粉过了
胡麻花蓝过了
苜蓿花紫过了
长城梁上,两个隐姓埋名的人　说好了明年再见——

而此刻，我指给你看更北的北方——
北方，是荒凉的岁月和霜降
有人回家，有人还在路上
在我们身旁，野菊正值豆蔻，蒿草籽粒饱满
几颗被遗忘在季节末梢的红枸杞
像心、像血滴子
像谁的不舍和念想
在渐凉的风中，在尘世……

（原载《绿风》2018 年第 3 期）

开合

_杨梓

这一秒大门敞开，下一秒大门关闭
在这一开合之间会发生什么
是一个人的离去还是一阵风的进来
或许不能确定大门是否开过

问题回到原点，可这一秒已经离开
像一个人离开了这个世界
他的大门从来没有开过，甚至没有门窗
也没有留下任何记忆。即使留下也是漆黑

而风可以从大门进来，从窗户出去
拂过树梢，经过楼顶，栖息在鸟的羽毛上

还可以在我的心里,掀起一秒一秒的浪花
然后,旋成另一时空的黑洞

(原载《诗刊》上半月 2018 年第 9 期)

杨柳

_伊农

在感情的长亭,和短亭间
作离别的道具
在晓风和残月间
系孤舟,和落魄之人

长好看的眉毛
扭小蛮腰
性情如水

杨柳青青
从来没有红过
就这么,在风尘里年年绿着
道是无情却有情,可能
是你独有的看破红尘
谁知道呢?

一副弱不禁风的样子
杨姓女子
小名柳

(原载微信公众号"阡陌文苑"2018 年 8 月 10 日)

青海卷

继承

_班果

作为石头,我必须获得土
作为土,我必须由水养育
作为水,我必须依靠天空
作为天空,我必须得到四周的世界

这就是那称为历史的东西
我们从中诞生后
紧跟着穿过世界、天空、水、土和石头
开放整个斑斓的春天
不是偶然,我的骨骼跟石头一样经历过时间的捶打

皮肤跟地表一样平坦
血液与流水同时开始循环
胸怀与头脑
容纳整个天空和世界

(原载微信公众号"英文巴士"2018年4月17日)

隐藏在深处的王冠

_曹谁

他们骑着马朝我走来
马是朝着后面
马根本没有蹄
马背上住满猴子

我抓起一根长长的藤
藤蔓蹿起来成为蛇
冰凉的蛇没有牙齿
蛇把内心炽热的毒液藏在腹中

穿过纷纷攘攘的人世我看见大地
穿过莽莽苍苍的大地我看见你
穿过泪蒙蒙的双眼我看见一个王冠
我时刻想做的就是将王冠砸碎

(原载《延河》2018年第2期)

惜墨

_曹有云

须知
文学不是统计学
不是数字的无效堆垒消耗
更非书页的几何级增长拉长

写得少，但要写得好
慢就是快，少就是多

热爱日常生活
热爱词语的炼金术
哪怕热爱纯粹的形式
也不能迷恋空洞的数字

面对空白之页
虚怀空白之心
惜墨如金如命如死如生

（原载《草堂》2018 年第 9 期）

我的忧郁

_耿占坤

在中医治未病体检中心
我用简洁的是否句式
回答一系列标准问题以及
几个具有交感巫术原理的提问
最终年轻的医生得出结论
"你患有一定程度的抑郁症"
看到我点头认可
女医生打量着我超重的体形
不无困惑地轻声追问
"可是你忧郁什么呢"
"忧国忧民"
我的回答也如同自言自语
瞬间，医生和病人
皆哈哈大笑
这个回答再次印证了她的诊断
于是，她给我开了一盒
氟哌噻吨美利曲辛片

（原载耿占坤微信朋友圈 2018 年 7 月 18 日）

频伽

_郭建强

> 此鸟本在雪山，在壳中能鸣，其音和雅，听者无厌也。
> 频伽是佛陀的声音，告知众生，一切皆苦，人生无常。
> ——题记

雪山保持着四季。
雪线缠在黑色的树梢上。
缠在灌木上，缠在金黄的草场上。
缠在山体上，缠在山石间的温泉出口上，
缠在峡谷里背风盛开的一朵甘露子上。
晨光在雪山上辽阔，晨光在雪线明耀。
晨光随着冰溪婉转，叩鸣如玉。
这时，你才听到鸟鸣——
鸟鸣从暗处涌出，刻画雪山，唤醒晨光
如若将你从一个幽暗的梦里提出——
却又知道这晨光和暗梦即是蛋清和蛋黄——
同在一只卵壳内里。但是——
雪水从松针跌落，落到你的额头，
一声一滴，一滴一声，直至那钙壳酥薄——
日出沙沙之声入耳，雪山和雪山的四季渐近，
雪线缠绕着鸟鸣，鸟鸣在雪线成为跳跃的音符。
谁在此刻，谁就是说法者，也是听法者。
——就是那一只频伽鸟，

或者所有的鸣唱着的频伽鸟。

(原载《延河》2018 年第 2 期)

高处的青稞

_杨廷成

七月,金黄金黄的阳光下
青稞的子孙们站在高高的山塬上
被浓醇如酒浆的秋风熏醉
它们尽情地歌唱与舞蹈着
欢呼于河湟谷地丰收的季节

这些古老如青铜的物种
从神农氏粗粝的指缝间洒落
沿着刀耕火种的岁月一路走来
是向往太阳的抚摸与温暖吗
把梦幻肆意地绽放在西域的高地上

早春的冽风中扎根
盛夏的月色里抽穗
金秋的天空下成熟
青稞们把沉甸甸的麦穗深深地垂向土地
是向养育了自己的大地母亲感恩、鞠躬

青稞,站在高处的青稞

是一群群铮铮铁骨的高原男儿
威风凛凛地站成让人仰视的风姿
在海拔 3000 米以上的高度
以烈酒的品质,绽放生命的奇迹

(原载《绿风》2018 年第 4 期)

甘肃 卷

卸甲寺志补遗

_阿信

埋下马蹄铁、豹皮囊和废灯盏。
埋下旌旗、鸟骨、甲胄和一场
提前到来的雪。
那个坐领月光、伤重不愈的人,
最后时刻,密令我们把鹰召回,
赶着畜群,摸黑趟过桑多河。

那一年,经幡竖立,寺院落成。
那一年,秋日盛大,内心成灰。

(原载《诗刊》上半月2018年第6期)

饥饿的故事

_高凯

已经过去很久了
在一个非常贫困的年代里
有一天　大家都很饿
很饿

我攥在手心里的一块馒头
被一只小狗看见了
被一只小猫看见了
被一只小鸡看见了

我害怕极了
立刻将那块馒头高高地举起来
让谁也够不着
吃不上

但是　我奋力举起的那块馒头
却被一只机灵的鸟儿
突然从我的头顶
叼走了

那一只饥饿的鸟儿
还以为那块馒头是我送给它的呢

吃饱后一直感激地跟着我
飞来飞去

(原载《诗刊》2018年第7期)

读卡夫卡《变形记》

_高亚斌

我所庆幸不已的是,我虽然也变甲虫
但有时候还会变蝴蝶,在生活中绚烂一下

我变苍蝇、变飞蛾、变羊、变鸵鸟
但有时候也变鹰、变狼、变鳄鱼,一边吞噬、一边流泪

我还听说,中国有填海的鸟、啼血的杜鹃
宫廷的促织……都是人变的

我所庆幸不已的是,最后,我还能变回人形
走在人世上,对屈辱和辛酸缄口不言

(原载《扬子江诗刊》2018年第5期)

古鸡鸣寺

——赠柳沄、李琦、娜夜

_古马

谁见过舍身入寺的落日
谁见过我与那落日重叠的脸庞
在这哑默的寒冬

鸡鸣风香
香过万户炊烟
天下一口井
谁见过天子和他的爱妃坐井观天

冬去春回
我们又在哪里

春柳烟雨　千里留诗
蚂蚁是台城饿不死的王
爬向木鱼　声声不已

（原载《江南诗》2018 年第 4 期）

一个木匠对一棵杨树的絮叨

_ 郭晓琦

拍拍一棵老杨树,他说
伙计,要是上世纪,要是上世纪的
八九十年代
你肯定是一根抢手的好木料
你挺拔笔直的身材,会成为一架栋梁
被喜庆的鞭炮抬上一座屋顶
你的斜杈,会成为一副结实的门板
一扇漂亮的格子窗户
一张桌子,一把椅子,一张床……
你粗壮的根,会成为一只辘轳
守着那口有月亮的老井
你还可能是一对印花的板箱、一个立式柜子
陪着长辫子的小芳远嫁他乡。或者
你会是一副厚重的棺材,陪那个老去的人
睡在温暖的泥土中。你知道
这都是幸福的——

但现在是另一个世纪,是 2015 年
世道不同了啊!伙计
你看看,这么多的松木、柏木、青冈木
这么多漂亮的红木家具
我们都老了,已经派不上用场

我的墨斗、斧子、锯子、刨子都老了
这个春天,我只能靠着你
晒晒这尘世间灿烂而美好的阳光
而你也抽不出几根嫩枝了。但你要好好挺着
让那几窝鸟儿
守住它们温暖的村庄——

(原载《四川文学》2018 年第 3 期)

母亲节的阳光

_牛庆国

今天　就让我想想楼前院子里的石条上
那几个晒太阳的老母亲吧
好像她们一直都缺着阳光　总是晒不够
她们哪里知道　她们也是阳光
原来是五个人　像五个老姐妹
有时还手牵着手　又像幼儿园的小朋友
白发飘飘　拄着拐棍的我母亲
就经常坐在她们中间　或者和她们走在一起
那时　我喊杜妈　张姨　王姨　还有李老师
她们答应着我　却向我母亲微笑
好像她们都沾了我母亲的光似的
可后来　我母亲再也不来这里晒阳光了
她回到了乡下的一片山坡上
那里的阳光比城里的更加明亮　温暖

还飘着花香和粮食的气味
我不知道她们是否想念过我的母亲
但我却从此有意躲着她们
怕她们说　我母亲的那些阳光　还在那里等她
每想起她们　我就会被阳光灼伤

（原载《文学港》2018年第4期）

那遥远的花香

_扎西才让

告别父亲的那天，我在琥珀医院捡到几枚针头，
在玛瑙疗养院里，找到了母亲遗失多年的病历。

我甚至在珊瑚公园落满夜色的长椅上，
摸到了我的女人丢弃的羊骨做成的笛子。

我还追回了清晨的露珠，和晨曦里的鸟鸣，
甚至那遥远的花香唤醒的我的过去——

修行：东方高高的山顶，升起皎洁的月亮
还俗：未嫁少女的脸庞，浮现在我心上。

（原载《诗收获》2018年夏季卷）

陕西卷

大海,孤岛,人

— 黑光

若干年后,我睡到灌木丛下
以灵的方式,或者以灰
而人人向往的大海还在汹涌
每一个孤岛仍质押着每一个人

我想趁还能说的时候说出:
一把灰,倘有幸撒入大海
以浪沫的形式,拍打
每一个孤岛,亲吻每一个人

想想这些,就很动情,很自私
我像是被上天一再罚罪
又一再垂怜的那一个人吗
如果是,谁又是不被赦免的那人

(原载《延河》2018 年第 2 期)

打工的侄子回家了

_霍竹山

打工的侄子回家了
大嫂知道工钱没要上
但大嫂不知道
侄子的右手也让搅拌机咬了指头
侄子晒焦的脸
侄子浆满水泥的衣服
比大嫂的想象还要黑还要旧

大嫂流着泪
拉着侄子坚硬的残手
怨自己命苦
就像一条流进沙窝子的河
没享过一天清福
骂大哥是鸡转的
只知道在土圪垯林里刨食
硬让侄子打工挣婆姨

骂着骂着大嫂就骂起了城市
鲜菜上来你先吃
新米下来你先吃
侄子一年的血汗钱你也吃
没良心的城市还不靠咱农村人养活

不就比咱多俩臭钱
下辈子让你妈生在农村看看

(原载《星星》2018 年第 7 期)

暗战

_秦巴子

一个胖小子走过来
一个胖姑娘走过来
一个壮硕男人走过来
一个胖大妈走过来
他们一共四个
并排走着
像一台推土机
轰隆隆地开过来了
一个瘦子本能地闪身让路
跳上了道沿
没有人注意到
在这个瞬间
瘦子内心里的震颤

(原载《读诗》2018 年第 3 期)

这里是人间的哪里

_三色堇

像新雨飘落到荷上的欢喜
我注意到的姐妹,她的表情,她在风中的
溢出泪水的眼眶,那颗擎在空中的高洁的心
我还注意到她身体里的傲骨
承载着子民的赞美

饱满的阳光眷顾着她的清风故里
她毫无修饰的盛开以及那些朝圣的脚步
她拒绝所有的颂词,只在寂静里目睹这易碎的人间
她有芳华揽月,我有隐居之念

她守住这片荷塘,收紧了波澜,收紧了
风雨之外的雷声
她遮挡黑暗的花瓣令你心颤……
湖面上怎么会有那么多抖动的翅膀
绽放的花蕊怎么会有那么多的艳阳普照
这里是人间的哪里,美好得让人热泪满腮

(原载《诗歌月刊》2018年第7期)

自然主义者

_阎安

如果我要写钢筋穿透了建筑工人的胸腔
我就写岩浆和它内部火焰深处的秘密气孔

如果我要写怪物般生长的城市和楼群
我就写无名的山脉和它上面吃煎饼一样吞月的天狗

如果我要写汽车尾气和雾霾
我就写旧社会吃多了罂粟的牛在村庄里拉屎

如果我要写堆积着碎玻璃、旧皮革和废塑料的垃圾场
我就写吃了砒霜和秤砣的人
像乌鸦一样四脚朝天死在旷野上

（原载《自然主义者的庄园》，中国青年出版社2018年版）

我记得一个吻

_ 周公度

我记得一个吻
那份甜蜜
归属果实们的四季
樱桃、莲雾、苦柚与柑橘
还有一颗
冬日湖水的心

这个吻里
有她春日经过的森林
夏日夜晚的星辰
有她阅读的一本书
她站立窗前时
傍晚的叹息

如果我有秋日的沉静
云燕的不舍
便能再次遇见她
在她经过的未冰封的湖水
她的影子
印上我的心

（原载2018年《安徽商报·橙周刊·七夕诗会》）

西藏 卷

深陷故乡

_白玛央金

月光刚落地
一些细节陡然被点亮
此时雨翩跹而过
昙花盛开,飞翔的鸟儿
像另一朵花开在浩空
两种美好谁也停不下来

唯有我
深陷在故乡的土地上
像春天的花蕾
紧紧攥着内心的芬芳
担心一绽放,故乡就会凋谢了

(原载《西藏文学》2018年第1期)

布达拉之路

_ 陈跃军

布达拉是灯塔,不灭的灯塔
希望的灯塔,黑暗中
这是一条充满梦想的大道
曲曲折折,谁也挡不住我前行的脚步
因为光明就在不远的地方

布达拉是寄托,温暖的寄托
最后的寄托,迷茫中
这是一条充满芳香的小路
安安静静,虽然昼夜兼程也无法到达
但我一直在朝圣的路上

布达拉很近,也很远
近得我可以触摸到他的呼吸
远得他听不见我撕心裂肺的呼唤
布达拉是一尊安静的佛,我是修炼的童子
用一生的仰望走完这最后的路

(原载《北方作家》2018年第3期)

酥油灯里的阿妈

_德西

将您离去的每个日子
捻搓成酥油灯里的灯芯
一根根堆放在酥油灯旁
在点燃的灯里与您相遇

摇曳的灯火里
我无法触摸您的白发
灯线里膨胀着日夜积累的伤痛
微光中渐渐燃尽的酥油
滚烫地浇在心头殒去的那一处
生生刺醒梦中夜游的灵魂
灯芯垒得太多
堵住了轮回的路口

在您离去的那个殊日
是该又点燃千盏酥油灯了
烟熏的屋子四壁漆黑
一瞬间金碧辉煌
您面若桃花的脸庞在灯光里慈祥地微笑着
我依旧无法筑起河堤
阻挡肆意流淌的泪水
千盏酥油灯未燃尽的时间

您我无声地存在于彼此的空间
无语的凝噎
尽管那是一场残忍的对白
而我甘愿忍受这不逊于凌迟的刑痛

在最后一盏灯燃尽的时候
天空飘过一阵骤雨
我知道您又离去了
您经年的气息和着酥油的味道
蔚蓝了故乡的天空

(原载《昌都报》2018 年 7 月 20 日)

父亲

_李文华

八十七载风雨
吹打着父亲
疼痛着我心

山川般的沟壑
爬满父亲额头
就像五亩沟的沟渠

多雨季节,泥泞的田野知道
干旱季节,扁担吱吱叫喊

望天空
记忆在父亲肩上行走
我无忧无虑。很知足

日子远去了
父亲蹒跚的身影
骑坐父亲肩上的快乐
时常叫醒我

都说距离产生美
而我的心却很痛
外面的世界很精彩
我却不想流连

（原载《重庆政协报》2018 年 8 月 24 日）

我有一所房子

_沐心

我有一所房子，叫孤独
房子里有一张床，孤独的单人床
床上是黑色的床单和黑色的被子
还有我黑色的影子
床头有一本落满尘埃的破书
封面就写着孤独两个字
第一页——你好，孤独

最后一页——感谢,孤独

我有一所房子,叫孤独
房子没窗
我看不见你
你也休想看见我
房子没门
我出不去
你也别试着进来

(原载"藏人文化网"2018年8月8日)

忌讳

_其米卓嘎

生死在发黄的经卷里舒展
飘动的袍子坚守青灯古卷的清雅
我从城市匍匐而归
只为今天还你一个愿望

你在我纷乱的心里跳动
佛说那是爱
我在千年的庙前苦苦哀求
佛说这是执念

闪动的酥油花灯如同泪花

在替谁人滑落
一层迷
那是我们捅不破时空

在梦的脚步里探望
在现实的岁月里跪拜
期望用一炷香的时间
与你相会在这暗红色的故事里

（原载《古魏文学》2018 年第 3 期）

一念初梦，一念秋雨

_ 斯朗拥宗

眉梢旁温热
拥吻天空
秋雨清洗着野草
一条心之所往的小路
便是驿站

倾听凡尘
一弯浅笑
岂能掩盖纵横交错的曾经
盈一抹领悟
期许岁月静好

笔停在半空
经不起推敲
生活是一面湖水
时而平静
时而微波荡漾

画上差一笔
花开一朵
云依旧漂泊天边
带着午夜时分的誓言

心,流浪在一方
脚,踏在异乡一角
寻,一首诗
一首梦里的诗

(原载微信公众号"格桑花开"2018年5月24日)

伫立在路边的那棵树

_ 索朗旺久

方米围栏禁不住持之以恒的心
吮吸着五味杂陈中酝酿的生命
忧郁的内心泛起久违的孤寂
闭目想望星光相映的悠悠天地
挺着脊梁托起蓬乱暗淡的枝叶

清风啼鸟吹醒了蛰伏的灵魂
绵绵细雨湿润着枯干的眼眸
嫩芽在枝间传播着绿的生机
围栏里飘逸着泥土的气息
沧桑中四溢着年轻的芳香

生命在仅剩的缝隙里寻觅着
顶着无数次疾风劲雨的揉虐
挺直的身躯搀扶着残存的枝叶
遮挡着每一个过往的影子
为这条冷飕的路增添了生机

春华秋实用大度孕育的硕果
跟着漫天飞舞的蒲公英
掩饰着轮回中残存的记忆
年轮在无限的回忆中泛滥
岁月在斜射的夕阳下沐浴

赤裸的身躯迎着数九的寒风
竭尽全力伸展凋谢的臂膀
拥抱着蒲公英散落的记忆
望着灯红酒绿中惆怅的影子
灵魂在瑰奇的冰雕里栖息着

（原载《古魏文学》2018 年第 3 期）

四川卷

迎春花

_陈小平

仿佛多年前的一位故交,后来各奔东西,彼此遗忘
被岁月之河挟走的一粒沙石,在第一缕阳光背后
一枝迎春花,突然绽放

你星星点点,馥郁芬芳,花瓣上,沾满了旷世的风霜
消失了那么久,却又不期而至,在往事里拔节、蔓延
就像自己和另一个自己,在光阴里隔世重逢

眼前的一切都是过往,曾经错过的,正日夜兼程
赶在回家的路上,那些小小的,黄黄的花朵
簇拥着我,像一位春暖花开的人

(原载《四川文学》2018年第8期)

在映月湖等雨

_胡马

当山风灌满车窗,湖面的海拔
在白鹭的翼展下向着天空微微下陷。
昨日是一枚疼痛的果核。他吮着
烫伤的手指,把理想倒进一只
斑驳的搪瓷缸子,摇匀,晾冷
封存在远远避开日照的角落。
种油桃的果农姓李,他的故事
尾韵挂满入声,像风化的岩石
还未从龙泉山的赭色悬崖上剥落。
躬身走过林间,他不得不
为眼前的丰收景象低头。
一些果子在身后寂然坠落,他听到
自己不经意间的叹息。这过早
到来的凋亡,有着葡萄酒的黏度。
他有些迟疑,但不敢多做停留。
清凉的鼻息,被无患子树叶覆盖
蜜蜂在墓碑上轻嗅生死临界的芬芳。
斜坡上,三两幢建筑
轻易改变了峰线应有的起伏。
记忆和现实交融的侧面,他发现
铁桥的倒影并未因日光的偏移
而有所游离。这让他惊骇:难道

事物之间还遵循着更神秘的秩序?
在他们身后,插旗山唯余一条荒径。
豹止步之处,他蹑足前行
任周身的云朵向着天空翻卷
为屋檐下的客家话铺开浓密的雨意
在去往湖畔的途中,他曾祈求良久。

(原载《山西文学》2018年第9期)

在一杯茶的旅途上邂逅

_吉树奎

两个身体上有风雨的人
在一杯茶的旅途上邂逅
双眼里的天涯
品窄。走宽
黄昏,是最后一道圣旨
八百里加急。山一程,水一程
衣袖间,抖落满天星光
漏掉的标点
才是,最美的心跳
彼此是岸
苍茫,是一杯茶
隔着生与死。醉红江与山
一叶茶香,送走流水

(原载《星星》2018年第8期)

秋天的多样性

_李永才

身处历史一样的小巷
四季流变,仿佛缓缓转动的车轮
白天的消息,刚刚收集在报夹
秋风便拂袖而去

这样的下午,适合坐井观天
适合用一种修辞
在破旧的玻璃上,拼贴一些
多边形的风花雪月

如果有阳光,从南方带来
一块便宜的布料
我就用裁纸刀,在书桌和茶杯之间
弄出一点,略带印花的动静

是时候离开了。楼下的秋天
具有不可预测的多样性
就像扫不尽的落叶
在贵妇的脚下,来回走动
但没有发出一点声响

(原载《企业家日报》2018 年 9 月 12 日)

剥柚子

_灵鹫

每次剥柚子的时候
你都只剥一半
让剩下的一半
在妈妈的胎盘里
多睡一会儿

(原载《诗歌周刊》2018年10月6日总第330期)

窗外

_刘红立

窗外
所有的都是路过

一条青石板的曲径，枕在夜的小镇
总也晾不干
湿漉漉的坚硬，被嘈杂和喧嚣卷席之后

所有的房屋都看不清窗棂
树木都不辨枝叶
远山更加模糊

就连向外探望的窗户
也是从黑影里凿开的洞，窥视
正要消失的背影

唯有一副招牌白得耀眼
挂在太阳正在背离余晖之际
招摇银器专卖

窗外
所有的都是路过

（原载《诗刊》上半月 2018 年第 1 期）

在笔架山：育新诗

_彭志强

很多人在这里诞生，又死去。家谱
翻着翻着

一个又一个名字,随纸化泥

在笔架山,开门能见山,却不见笔
任何一粒灰尘停下来
都不适合书写
我与你在不同时代的跌跌撞撞

没有了狗吠,没有了炊烟
在我面前的杜甫诞生窑
不过是青砖堆砌的坟,和时间作对的人
掏空的坟

尽管有很多阳光
从拳头里漏出来,我依然握不住
穿堂而过的秋风,与迎面闯来的梅香

这三年,反复用你的古诗生育
我的新诗。被鞋走破的路
只有一条,贯穿着
你的生与死

我丈量过生与死的秘密
距离,只有14.4公里

在笔架山,欢喜和悲伤都会腐烂
除了你用明月给故乡造的梦
白露,孤单,热闹……这些
都能弹指可破

(原载《北京文学》2018年第5期)

火把

_山鸿

我熟悉一支火把的制作过程：
夏天剥下的柏树皮已经晒干、捶烂
走多少路就拿多少柏皮
适度的捆扎也是必要的

我熟悉一支柏皮火把
照亮的路上柏油所散发出的香

我在前、他在后
我比任何时候都明白
我是身后这个人的儿子
有他在就不会缺少光

他储存了
我一生所需要的光
高高举起！他把他能拿出来的光
一口气都给了我

他怕他给我的光
还不够！
他已经教会了我
如何去制作和点燃一支火把

这些年，每想他了
我就练习这门技术

（原载"中国南方艺术网"2018年6月6日）

黄昏

_陶春

1

仿佛，被一束
光的拖网
——拉向窗户

2

微微泛蓝

震荡四壁
静默的空间

从客厅诸类什物之上
成簇剥离

一层层
挣扎，翻卷
各自落地
透明羽翼的影像

因失去母体
原形魂魄
的投射与庇护

愤怒的嘴唇
倾吐出电流
细若游丝的嘶吼

3

咸湿的
地板：两行硕大
赫然迫降的足印

深陷沙发
沉寂
的眼睑上空

——人面鸟身
珥蛇的弇兹
携带贝壳、海风
正阔步穿过

又一页时间细胞
无声繁殖并代谢的世界

注：弇兹，中国传说中四海神之一。

（原载微信公众号"存在"2018年2月总第487期）

凉山遇海棠

_凸凹

从海棠关到海棠镇：军士解甲，
将官归田，时光被一朵鸟鸣卷包又
打散。你看，所有的城门都退了回去，
从纸手铐一直退到古木枷，退到
森林走出森林，为一匹失主的马赎身。
只有北城门，还在用石头的独眼
观察藿麻护卫的字骨，观察
蒋半城的故事，翼王，以及那位
叫丁氏的太平军女兵的传奇。
至于尔苏这个词，这支独处一方的
行迹，早已被非尔苏的语法解开。
你看，这小小的地方，放得下
全人类的星空、厉风，放得下一千尊佛
——只是一千尊佛也做不完的佛事
堪比一树海棠的到来、出入，堪比
雪山对岸那解语花回眸一笑的秘密……

（原载《诗刊》下半月 2018 年第 3 期）

地球上的金湖

_雨田

我从黑暗中醒来　饥饿的宁静比我还要悲伤得多
红土高原的一阵风卷走了会说话的石头
湖面上水波翻卷着远去的钟声　你为什么不再喧哗
要沉思在冷漠的信仰中　让内心的镜子沉默风化

如此的孤独阻挠着我的欲望　站在湖边
我始终保持着对水的敬畏　谁的品性使身旁的红河
有了阴影　暴力的言辞让我这把老骨头不能腐烂
明亮的月光下　我和玄武喝着美酒　说着脏话

暗潮汹涌在我体内的河流　反射的火焰在水中回旋
我想触摸的　除了吼叫就是沉默　难道我真的
要在思念中向着一棵没有结果的树哭泣　回忆
一生的爱与恨　我万万不能　就是丧失做人的底线

在个旧　面对如此境界之水　我怎能成为岁月的标本
还是一阵风让我陷入一种无法言说的饥饿之后
热血澎湃　墨守成规　我必须告诉世界　告诉人类
地球上的金湖　你本身就是一方超越的极品神砚

（原载《作品》上半月 2018 年第 8 期）

重庆 卷

美好的循环

_艾蒿

浓烟燃起的地方
会让轰炸机误以为
这里被轰炸过了
他们就烧起了旧轮胎
烧完旧轮胎
他们开始找塑料袋
塑料袋烧完
他们就准备烧衣服了
把你们不要的旧衣服都
捐献给他们吧
如果不方便送去
就让轰炸机把这些衣服
空投下去

(原载《新世纪诗典》2018年第8季)

摩围山

_二月蓝

翻身的乌江
露出柔软的肚皮
云顶寺的钟声
雪一样化了

（原载《诗刊》2018 年第 2 期）

芍药

_华万里

你是我的红颜
茎上的句子，最美的风中颠倒和恍惚的清醒
一朵完整的夜
有时也称早晨

你浓淡适宜与恰当好处的艳色不在鸟语花香
而在我坚硬的骨头
那里，你在夹缝中挤着盛开，我在一旁
陪你，绽放

我们未能被逼成"心心相印的逃亡者"
如果真有爱情到来
它也决不会
永远，在流放的路上

你的一滴露水，打响了我的魂灵
你的一瓣花光
够我终生疼怜，我害怕的是自己
恐惧的是孤独

爱情狂魔？诗歌圣主？痛苦之王？唉，芍药
我的一切
全由你界定
用你花心的眼，没有阴影的手

（原载《红岩》2018年第7期）

如果

_ 江睿

妈妈问我
如果妈妈病死了
你怎么办？
我都还没长大
你怎么可能死呢？
都说好了你要照顾我到大
我来养你老的
怎么老是要变卦呢？

（原载《孩子们自己写的诗》2018 年 7 月）

离开阳光的日子

_唐诗

许多时候　阳光其实
总在向我们提示着黑暗

一旦离开阳光　我们
不再抱怨阳光是热情的泛滥
笼罩我们的
是无边无际的黑色
虽然手边的词语还在熠熠闪光
虽然瓷瓶的本质依然明亮

一些不该发生的事情
阴暗地滋生　乌云遮没了
星斗般的脸群
峥嵘与混淆　四下弥漫
就连窗外的蛙声
也如一片燎原的谣言

此时我们开始怀念阳光
开始诅咒阳光的背叛
我们多么希望
看见睡眠中的鸟儿的眼睛
看见它们眼睛中

保存尚好的晶莹露珠和婉转歌音

离开阳光的日子　其实
就是体会与苦难共存的日子
就像眼前的一茎荷花
沉默着　却浑身都是阳光的痕迹

（原载《火花》下半月2018年第1期）

远处的声音

_吴海歌

一只玻璃瓶，从天空坠下
没有人知道里面装的什么。
碎渣，只是意义的一部分。

一个大的概念。
声音装着声音。

杨贵妃，装着唐明皇。
白居易，装着琵琶女。

雷声更大，装着王朝。
碎裂，成为虚空。

我们是收拾虚空的人。

(原载《四川文学》2018年第7期)

碰瓷

_ 张智

历史自己
跑到历史的车轮下
哎呀!
一声惊叫

那不过是尔等的臆想

(原载《世界诗人》2018年总第92期)

贵州 卷

新基

_段家永

那么多植物
从死亡之上长出根须
那么多无人采摘的野果
在等着落地
身体健硕的老者
指挥着一群年轻人抬平倾斜的泥土
这是他的新基
死了以后,他是埋在这山坡上
最大的一颗洋芋
几只没有名字的鸟看到了这一切
它们不动声色地飞走
这里很快会安静下来
石头垒砌的假坟
在一年一年的草木荣枯里
将替活着的人
达成生与死之间从容的和解

(原载《诗歌周刊》2018年8月11日总第322期)

坏消息

_梦乔

又一个熟悉的人走了
连同命里的黑洞和带着体温的杀菌棒
不停传来的坏消息
如风中爆裂的罂粟把春天劈成两半

四月，阳光那么冷
满大街散落着蜷缩的叶子
风，把每个路口变得昏天黑地
只剩下光秃的街道和吹散的背影

破败的公路总让你在回城的路上一再绕弯
大巴车颠簸着中年的迷茫和饥渴
你说爱是通宵的干粮和水
是指间的烟草、残酒要抱着你跳入来世的泥泞

昨夜开始，护城河里的水在盈亏之间犹豫不决
偶尔袒露出的河床带着空亡的气息

（原载微信公众号"小土巴"2018年7月7日）

时间是命运的携带者

_南鸥

时间与命运的一次野合
一张明天的车票,挤上今天的列车
沿途的风景都有自己的宿命
为谁盛开,又为谁落败
其实,每一次生生死死
都是皈依

服从内心的指引,在时间
缝隙盛开,但我始终被时间排泄
我是命运的使者,又终将
被时间埋葬。原来时间掌管着
命运,原来命运犹如
时间排泄物

我穿越,挤上明天的列车
是时间的错误,还是命运的荒谬
是我的命运篡改了时间
还是时间的错误抽打我的命运
冥冥之中,谁篡改了
我的时空

(原载《诗潮》2018 年第 1 期)

罗布泊印象

_欧阳黔森

在罗布泊,我看见
到处是水的痕迹、水的形状
却见不到水

在罗布泊,我看见
到处是盐的雪白、泥的黝黑
却分不开彼此

盐没有了水
便结晶成壳。壳起扬花
晶莹剔透

太阳出来
寂寞白流光闪烁
冰花盛开、层层叠叠
似浪花汹涌澎湃

我从未见过
卷起的浪,不再跌落
也从未见过扬起的花
不再凋谢

这样的浪花，这样的澎湃
普天之下
只有罗布泊才会拥有
这样的神奇

（原载《星星》2018年第6期）

黄昏

_伤痕

一只黑色的小鼓手
在敲夕阳，一支衰弱的音乐
在耳际，如影随形

如此端坐，头枕青草
如此静观，河流在天际留下一条残影
如此聆听，身体里有条船

度红尘，四处漂泊
知交半零落，可怜我们只有今生
来世，太缥缈

起风了啊！野草和小动物们
跳起了舞，或者奔跑
它们从不害怕，你这呆傻的木头人

这是它们的世界
你是遗弃的一截木头,你们互不相识
谈不上,谁惊动了谁

(原载《中国风》2018 年第 1 期)

上帝的糖

_ 陶杰

你说,在这个薄凉的世界
让我们彼此温暖
从今以后,我不再害怕
潮水一样汹涌的人群
不再害怕人群散去后
孤独的晚风和长亭
要是长亭都被风带走了
我们就直接走向夕阳
天渐渐黑了,很快
一场大雪凶巴巴地降下来
我们被困得太深,完全忘了其他人
在一把伞下,我们继续
冒雪前行,安静得
就像上帝遗忘在人间的两颗糖

(原载"中国诗歌流派网"2018 年 2 月 3 日)

独奏

_姚辉

整座高原在挑选深谙沉默的歌者

整座高原　只安排一种衰老的火势
但你不能错过所有燃烧的指纹
神领走了最初的风　当神
说出入时的疼痛　你不能错过
种种命定的爱与煎熬……

你不能让鸟翅始终陈旧。整座高原
挤占神出示的季候　你不能只让
鸟翅掀开的天穹　坠向风漆黑的角落

整座高原只布置一种苍茫
你的骨头拥有的　必须由血肉放弃
整座高原　只需要一次刻骨铭心的遗忘

而你不能收回火势中酸涩的爱憎
……神是唇齿间吱嘎的玉米
是鸟提给大河的花束　是一把刀
扼断过多次的痛与警示

——整座高原只铸造一种星空

你不能忽略毁弃过的黑暗　那里有
神见证的耻辱　有神藏在腋下的启迪
你不能让山墙上单独绽放的花
忘记自己古老的奇遇

你不能辜负代代相传的暗疾
你的追悔可以重现　你的救赎
仍将不断延续——

整座高原只选择一种坦荡的失败
你是攥着颂词进入沧桑的人
你　不能背弃高原最为悠远的风向

（原载《人民文学》2018 年第 5 期）

六棵黄桷树

_袁伟

这是地名。从袁家沟出来，必须经过这里
走到这里的人，都会回望
六棵黄桷树很高，像田埂
突然把路举到半山间
但袁家沟很远，要像鹰一样盘旋
才能看得见。那炊烟除外
有一次我走过六棵黄桷树
那是唯一一次，是很小时候的离开

今天,又经过这里,六棵黄桷树高耸,狭窄
我有些迟钝
身后,时光深邃;往前,余生还长,还宽阔

(原载微信公众号"小土巴"2018年8月17日)

云南卷

阳光

_爱松

清晨的阳光
是给窗外的

窗外的树木
是给小鸟的

小鸟的鸣叫
是给自然的

自然的呼唤
是给爱人的

爱人啊,此刻
喂来一小勺鸡汤

我想,它该是
给阳光的

(选自《诗刊》下半月2018年第6期)

母亲的微信

_ 陈衍强

她的朋友圈是父亲
晒的是太阳
删除的是杂草
拉黑的是 15 瓦的灯泡
分享的是手动养的肥猪
她始终用锄头点赞庄稼地
她太老了
随时都可能把我屏蔽
她在的群
年轻人过完年就退了
里面只剩一条刚链接的水泥路
聊天的
是放牛的老人和上学的小孩
她在的群
叫彝良县角奎镇位卓村

(原载《诗潮》2018 年第 2 期)

怀想

_樊忠慰

有人把母亲视作故乡
有诞生　也有消亡

哭泣或欢笑　草尖的露水
胎盘与坟墓　人生的真相

母亲去的地方　我也会去
草叶的乳汁　赛过氧与蜜糖

天堂在人间　人间在天上
月亮的幽魂　喊醒夜晚的玉石

梦见炊烟煮出米香
母亲的慈爱　供养饭碗与梦乡

春天来了　母亲没有回家
母亲没有回家　春天来了

（原载《滇池》2018 年第 3 期）

记忆

_耿占春

能不能借我一毛一？我想
喝碗汤。人群中的一个陌生人
轻声这样说。他看起来跟我
一样年轻，衣裳穿得比我还洁净

坐在油漆剥落的联排木椅上
我疲惫地摸着身旁的行李
抬头看看却没有回答，因为
跟他一样，在秽浊的空气中

在没有暖气的冬夜，在等晚点的
火车。可在他转过身去的瞬间
分明看见他眼里的泪水，在昏暗的
灯光下，仍能看见寒意与伤害

记忆是一笔未能偿还的债务
包含着不良的自我记录，尴尬与酸楚
那一时刻是上世纪七十年代末
在商丘火车站，春节刚过

如今伙计，但愿你早已是个暴发户
即使你仍是一个背着包袱

南下打工的老头,我也想再次
遇见你,我们该与我们的贫穷和解

一毛一分钱和一个人的眼泪
一毛钱是一个人的窘迫,是另一个
人的内疚,我们是两个年轻人
而该死的岁月曾如此贬低了我们两个

(原载微信公众号"读诗"2018年4月4日)

只有写下一首诗才能安魂

_ 海男

一首诗,仿佛在夜色中迎来了另一只蝉

你见过树林中翅膀透明的蝉吗?那时际,她随处漫游
只要搭上一辆车,倾听到来自小镇人的声音
就自认为已经搭上了去乌有之乡的车轮
乌有,是不存在的,是虚拟的,是人们在梦想中
涂鸦的地壤。她有一种追求乌有之乡的勇气
在她认为,只要听见蜜蜂的翅膀划破窗外的黑蜘蛛网
就意味着冥冥之中有什么奇异的事情要发生了
就,像每夜的女诗人,只有写下一首诗才能安魂
她的魂,只要有一只蝉的引领,就会掀开夜幕之帐
她要去的地方,必须有人,无论是人还是神
对于她来说,都是乌有之乡的传说

只有写下一首诗,她才可能编织好明天出门前戴的草帽
她气息如蝉翼,只有写下一首诗,才能安魂于黑暗

(原载《花城》2018 年第 3 期)

就是这样

_红布条儿

就是这样。
水流遇到山峰一定会转弯。鱼一定在水里
一个男人一定会想念一个女人

就是这样。
你爱上我头发就会悄然变白。

(原载《滇池》2018 年第 9 期)

景象

_雷平阳

火车从峡谷里经过
车厢里装满巨石、波涛和教堂
至埋玉的山野
缅甸的边境线外侧
月亮下,许多闪光的搬运工人
"嗨哟,嗨哟……"喊着号子
把草丛里的墓碑和象骨
抬到了火车上

(原载《福建文学》2018年第6期)

我还在煎鱼

_唐果

我还在煎鱼,它是另一条
我给这条鱼的身体打一百分
容貌打满分
给它逃生的能力打零分

零分的学生,没有权利要求
被煎、炸、煮或者炒
已经逝去的生命
应该不会在乎
抬棺人选哪一条路去往墓地

而我只喜欢煎鱼
我从不放过一次训练耐心的机会
在炎热的夏天
我可以把鱼放在手上
站在太阳底下,让阳光来完成
也可以放在发烫的石板上

而我是个固执的女人
只喜欢在爬山虎像蚊帐一样
围住雕花大床似的铁锅里煎鱼
对每一个有过呼吸的生命

给它简单的仪式和一点点耐心

(原载唐果微博 2018 年 9 月 3 日)

落日中的散步

_温酒

并没有太多的人知道
他们领取了一件礼物
被微风轻拂着
笑容展开

这完整的事物
除了闲聊
没有秘密可探

(原载微信公众号"麦田书店"2018 年 9 月 27 日)

彷徨奏

_杨碧薇

恭喜！在我的黄金时代
我迎头撞上的，是猝不及防的冰川纪
瞧，沉默的山河一如既往
如含饴糖，将万物之命门抵在
牙床和舌尖中间
小隐隐于尘埃，大隐无处隐
我的虎爪在琴键上砸着凌乱的空音

（原载《彝良文学》2018 年夏卷）

那封信

_于坚

我等待着一封信

在黑暗将至的黄昏
在露水闪光的黎明
我等待着那封信
不是圣旨到
也不是死刑判决书
不是被邮局退回的手稿
我的语言早已获得上帝编辑部的采用通知
不是爱人的信
她的信我有一捆又一捆
密布着甜言蜜语和信誓旦旦
呵　我等待着那封信
那封信　没有字迹和信封
天空大道杳无白云
风在幽暗的水面摇晃着绿邮筒

（原载《天津诗人》2018年秋季号）

请求

_赵家鹏

数着一只只山羊
嘴里衔着青草，从半坡上下来
我才放心地跟着它们
涉过干净的河水。这时的春风好啊
在我们身后
吹开相同数目的野花

这时如果有小羊,在队伍里
低下头,啃食了一朵
明早才开的蒲公英,春风啊
请原谅它
请明天放羊归来时
在我的骨头上,多吹开一朵
还给这片山坡

(原载《边疆文学》2018年第9期)

宋瓷颂

_赵野

一

起初,是一阵风,吹过水面
自然的纹理,激荡空无的远
再返回,大地上最初的色彩
与形状被唤醒,袅袅烟岚中
哲学和诗歌开始了轻盈统治
山河跃跃欲试,言辞闪着光
涌向汴梁,一个未知的时代
要发明新风尚,把一切打开
帝国尚踌躇,不经意间,美
已到边界,建立起最高法则

二

他梦到一种颜色，雨过天晴
来世灼灼光芒，点燃龙涎香
芬郁满城，二十只瑞鹤降临
白云悠悠啊，我清瘦的笔触
似金箔，只描绘不朽的行迹
火光烛空明，夜，人不能寝
词与物合，桃花薄冰中绽开
又委顿一地，我要活出绝对
苍天可鉴，凤凰非梧桐不栖
一旦赢了美，江山何妨输尽

三

在静默中求声音，如在黑里
找寻白，泥土有自己的念想
混和着夜的褶皱，炼金士的
芊芊素手，梳理着白昼疯狂
向往赤子的清澈，诸象渐渐
消失，成为色与空的教科书
看，天理在滋，而尘欲高蹈
岩石的激情静水流深，其实
我们一生努力，不就是为了
极限处脱离形体，径入永恒

四

寂灭在寂灭之外，何染纤尘
世界，太多的喧嚣，一点冷

从地心穿过火焰,雪花纷纷
在身体洒落,携带六经话语
所以一片瓷,就是一个君子
磊磊若松下清风,惊鸿暗度
高古的旷野,万物一片圆融
幽兰轻轻在日落的山梁升起
我恍若隔世,返回永生之地
夜夜看月缺月盈,不悲不喜

五

这是文明的正午,一部青史
裂缝中漏出的光,改变过去
并昭示未来,天下素面相见
燕子飞出文字,元音把时间
熔铸进空间,成就终极之诗
樱桃涅槃,一法含有一切法
万法山林流云,因此一代代
在内心的尺度中,蓦然回首
美即自然,自然即美,风啊
早已在水上写下天启的颂词

山西 卷

雾霾倏然散去

_ 郭新民

讨厌的雾霾倏然散去
这是一种多么美的奢望和恩典啊
是艰难生活无可奈何的一帘幽梦
是善良人们屏息凝神
双手合十的苦涩祈求

沉迷在梦幻边缘
人们是多么麻木与陶醉
仰望天空,看白云信马由缰
春天的阳光璀璨明媚
心灵的原野四季如春
我们徜徉在鸟语花香的梦里
自由的蜂蝶翩跹起舞
硕大的玫瑰迎风摇曳
骑马射雕,大碗喝酒
疯狂亲吻我深爱着的女人

哦，昨夜酩酊大醉
一觉醒来，依然故我
依然是雾霾黑云压城
依然是心灵铅沉疼痛
依然是难以呼吸的隐忍
依然是苦涩对镜的自嘲
唉！这阴魂不散的雾霾啊
依然，依然死死笼罩着
这个老态龙钟的城市

(原载《2018年中国新诗日历》)

近况

_韩玉光

大概有五六年了，我一个人
生活在这座晋北小县城。
偶尔，也去乡下小住几日
偶尔，也出门去会会久已不见的朋友。
更多的时候
我把自己关在书房里，像一册博尔赫斯的中译本
孤独，傲慢。
我越来越寡言少语了
前天，有朋友来访
说起从前的一些事：我大都记不起来了。
后来说到他自己

几乎每天在天上飞来飞去
好像成了一架飞机的一部分
几乎每天在高铁上过来过去
却分不清是铁轨的一部分，还是列车的一部分。
我沉默了很久
继而庆幸自己，还脚踏实地地活着
事实上，我喜欢
这样的日子，平静，没有起伏
就像华北平原上的地平线，一直放任着我的野心。
我不知道，这样的生活
会持续多久，但我知道，岁月
迟早会成全我的痴心
我爱过的事物
都将返回头来，爱我。

（原载《草堂》2018 年第 7 期）

在都江堰柳街想起父亲

_ 雷霆

在都江堰柳街想你，有点遥远
昨天没下雨，四川盆地闷闷不乐
刚才下雨了，雨水打在宽阔的荷叶上
绵绵的，像我们之间的爱

我和几个诗人在檀树下喝酒

说起乡愁。身边是六月的田园
蛙鸣起伏，稻菽涌浪
雨水打在宽阔的荷叶上
就像反复敲打前世的一面鼓
一滴紧跟另一滴，父亲
这像不像小时候我紧跟着你
在六月的官道梁，茫然无措

透过烟雨蒙蒙的荷塘遥望北方
我看见荒凉的高原，河流干涸
岁月狠心丢下嗓子冒烟的村庄……
这由远及近的恐慌溢满心底
仿佛梁上的事物不该来到人间

你已离开我多年。我拎着
你给的那点尊严努力活到现在
我知道，田园是我们共同的归宿
这一生我无法不对雨水敏感
我敬仰那些生命里充沛的滋润
就像此刻雨水打在宽阔的荷叶上
就算是苦涩的，也比没有强

(原载《草堂》2018 年第 5 期)

回家

_牛梦牛

夕光里的公园。
一只蚂蚁,拉运着死去的另一只
无意中进入我的视线——
也许是累了
它将同伴放下,围着转了两圈
像是一场仪式。
接下来
它继续前行,它的嘴钳
多次松开沉重的尸身……
像一场波折迭起的惊险剧!从水泥路面转入草丛
一株株小草,成为它的悬崖绝壁
我看着它
一次次攀高就低,一次次
几乎陷入绝境。
当它返身
找到掉落在草丛中的伙伴
我的一颗心,也忍不住为它绷紧——
哦,回家的路
如此艰辛,是什么力量
让一只小小的蚂蚁
对死去的伙伴
始终不离不弃?

它慢慢走出我的视线
天色也暗了下来,四周暗哑
仿佛另一场仪式即将开始……

(原载微信公众号"诗悦读"2018年9月3日)

飞鸽传书

_唐晋

他的阴天,战壕长出死鬼,咯吱咯吱的雪
左手写下,预算,生活和炮灰。
早晨在厚窗子外发臭,被期待的下一次
新光芒与新拔起的软木塞,属于
他的阴天,有人一眨眼就诅咒的他
穿着流水线上起伏的睡衣
按惯例嚅动着牙齿。他的胃囊
建立起交通管制;有人一到天黑就会爱他。
不算糟糕的阴天,在锈迹中变老
他的子孙跳出黑色枪栓,一点儿金色的亮
让他既不忏悔,也不感恩
像履带碾过的甘蔗,有人一生唾弃的他
左手写着元音和魔鬼的名字
并且画上曾被梦见过的嘴唇,咯吱咯吱的嘴唇。
他的阴天,雾气中悬浮肺泡深处的硫磺
有人通过数字记住他,把旗帜拔出旧照片
插回疲惫的前列腺。布纹纸之春

一些花朵虽然肥胖,但不会开败
直到铅笔刀轻轻刮去。他的阴天
抖着,面肌痉挛,胡须间涂满修正液
喷头里拧开容易愤怒的汽油
有人变得干净,通过他记住灰烬和颓废。
他的阴天,在劫掠中垂下头去
不可一世的鼻子被一滴液体拉长

(原载微信公众号"小众诗"2018年第108期)

席上歌

_王峰

但愿席上的诗歌
啃尽肉后,剩下骨头
酒,粮食压榨的忧
兑进去的水,记住了
人世间还残留着
明净的刃口

(原载《诗歌周刊》2018年9月24日总第328期)

在红崖峡谷

_ 姚江平

对景色的过分挑剔和认真审视是我的警惕
对一个个所谓景区
过度开发留下的
残疾人般的后遗症
我是嗤之以鼻不屑一顾的
甚至还为山中的树木和石头叫屈鸣冤

在红崖峡谷我没有守住自己的矜持
我一次次被爱情谷的山涧水
打湿
我一回回被山中的小路
俘虏
我一点点被小小的一个个的细节
瞄准

我的一首诗穿越红崖峡谷
在沥沥秋雨里一节节攀高

（原载《诗刊》上半月2018年第9期）

生在此山中

_张二棍

草长过,莺也飞过。更多的爬虫
与走兽,生在此山中,死也在
小溪蹉跎,野花静好
它们用自己的无名,静候着
四季更迭。假如陨落在山谷里的
星辰,需要无声的祭奠
那么山风中,将飞过一群
洁白的萤火虫。假如崖壁上
啜啜的雏鸟,正在找寻一条
返回巢穴的捷径。那么,每一棵酸枣树上
都将,高高挂起几粒,羸弱的灯笼

(原载《草堂》2018 年第 5 期)

遗迹

_张琳

一座小小的观音庙
已经从崞阳镇白村消失了。

不过,偶尔还有人
趁夜过来焚香,跪拜……

那是一片不大的空地,有些荒草
偶尔会在雨后长出地面

像一些绿茵茵的烛火
在风中,轻轻摇曳着……

(原载《中国诗歌》2018 年第 3 期)

河北 卷

笛子声

_阿色

笛子声　从院外传来
父亲坐在枣木床上
洗脚
整个白天　都属于他和他的麦子

我看着屋子里的老式家具
一年又一年尘土
粉刷的墙壁
等待时间流动

宁静的洺河滩　分配一只壁虎
沿着光影　蚊虫
爬出砖缝
看见熟悉的街巷　月亮再一次
召唤孩子
重复我们玩过的游戏

（原载《诗歌周刊》2018年6月11日总第313期）

做一把椅子

_陈红为

经过锯、刨简单工序
这些成材的木头
不再是木头,它们成为
腿、座面、靠背
——这也是钉子想要的样子
所有的钉子都是赤裸的
只有帽儿,没有把柄
一锤子下去
偶尔裂开的部件
又还原成木头,只是
这时的木头不再是以前的木头
腻子,让张开的嘴巴
欲言又止,在漆的光艳下
苟延残喘。没有人认为这是次品
更没有人去想
——这把椅子,也许正当年轻
就会被化为灰烬

(原载《诗歌周刊》2018年9月15日总第327期)

暮春登榆木岭记

_东篱

榆木不可见
岭上多山花
这没见过世面的美
让同行者大采一再弯腰

青杏明年还会小
唯长城一老再老
这破败的河山
让老杨平添三分修复之心

我无戍边志,常有退隐意
几只羊躲在烽火台里纳凉与反刍
券洞里的小山村
在杨花落尽子规啼的波浪中
安稳如婴儿

(原载《诗潮》2018年第2期)

复活

_韩文戈

有一天我把败落的村子原样修复
记忆中,谁家的房子仍在原处,东家挨西家
树木也原地栽下,让走远的风再吹回,吹向树梢
鸡鸭骡马都在自己的领地撒着欢
水井掏干净,让那水恢复甘甜
铲掉小学操场上的杂草,把倾倒的石头墙垒起来
让雨水把屋瓦淋黑,鸟窝筑在屋檐与枝头
鸟群在孩子的仰望中还盘旋在那片天空
在狭窄破旧的村街上,留出阳光或浓荫的地方
在小小的十字路口,走街串巷的梆子声敲响
把明亮的上午与幽深的下午接续好
再留给我白昼中间那不长不短的午梦
当我把老村庄重新建在山脚与河水之间
突然我变得束手无策
因为我不能把死去与逃离的人再一一找回来

(原载《诗东北》2018年上半年卷)

沉鱼

_ 胡茗茗

你要抚摸这些江水，它们用神秘信号
召唤鲑鱼回故乡；你要记住这些红鱼鳞
它们由丰美变得狰狞，请用悲悯的指尖
碰触自己的肩胛
当冲在最前面的雄性鲑鱼充当肉丸
喂饱了棕熊，雌性鲑鱼得以逆行而上
血水染红的乌苏里江，你要回过头来
抱抱自己的爱人

一生只有一次的呐喊啊
那些以身饲子的鲑鱼，拼命的鱼卵与精液
当你涉足于这宠溺美又满是艰辛的江水
你要允许自己的羞愧，再允许复制过
洄游图片的食指，迟迟不忍落下
仿佛生命的狂野，一直粘贴在那里
弹跳了一下，疼了一下

（原载微信公众号"茗友汇"2018年8月"呼吸"活动第2期）

空

_孟醒石

六岁那年,我一脚蹬空
从三四米高的梯子上摔下
当时没咋地,翻身爬起来,继续玩耍
半夜,骨头疼醒了,爹娘彻夜未眠
月亮像听诊器,贴着我的胸口
晃来晃去

长大后,仍然改不了踩空的恶习
从空虚到空中楼阁
色即是空,空即是色
幸亏有影子垫底,否则早摔成片段

光阴如梯。昨夜我爬到故乡的房顶
忽然发现,下不去了
谁是那个撤走梯子的人?

在华北平原,邻里之间的房顶相连
我从这家屋顶,转到那家房顶
不知道从哪里跳下去
家家空空如也
只有月光张开双臂接着我

(原载《诗选刊》2018 年第 8 期)

京北冬日独坐

_天岚

再退,这些草影会更加芜杂
再退,夕阳就会抛下城市,退回群山
再退,梧桐下那只灰喜鹊也活不过来
再退,这些瘦小的梅蕾就会陷入大寒之夜
再退,梅花就会开,交汇雪月
再退,退回太行的人,就会退出飞狐陉和雁门关
再退,霾就没了来由,雪会封住来路
而此时,花园晴朗而陡峭
马没了踪影,满院的拴马桩只系着一个人

(原载《诗刊》下半月2018年第5期)

山东 卷

在塔克拉玛干

_马行

哦,整个亚洲,整个世界的孤独
似乎都堆积在这里

孤独的正面,大风传递着方向
孤独的背面,命运空荡

两千年前的尼雅王国,叶尔羌河边的那只金色黄羊
为何久久地向我伫望

今天,勘探队的院子里停着奔驰卡车
我能做的,是借助塔中-4地质探区的思绪,把一朵朵白云写成
诗歌
存进U盘

(原载《石油文学》2018年第1期)

良宵

_ 梦璇

三月的夜晚
不只是一棵树挨着一棵树
不只是有了温度的月光挨着它的影子

风吹不动了,两个对白的人走进更深的梦里
一滴水落在窗台
鸟鸣止语,那些前尘往事在窗外一闪而过

春天还没有来,对白的人提着心来
深一句,浅一句
那些朴素的词语,陷落在蒲公英播下的种子里

(原载《山东文学》2018 年第 3 期)

颜色

_石棉

撕开一朵月季,然后
看到膨胀的雌蕊
片刻的错愕之后,我察觉
颜色也被卷入
这尘世的轮回——
青取代红,一种颜色
取代另一种失败的颜色

(原载《诗歌周刊》2018 年 6 月 11 日总第 313 期)

花无语

_唐江波

在十里桃花村见证一场花事

一切都如我所想

桃花,在一阕词牌里盛开的桃花

它需要风的呢喃,莺的袅袅

而花开的温度此时在一壶精致的茶里,芬芳

醉倒在花荫里的春天,交出高傲和冷峻

一再被蜜蜂戏弄

无法揣测,青青草地和绿柳的心情

而干涸的诗歌需要一场春雨抚慰

花间的月色和挂在枝头的鸟鸣,恰逢其时

这些春天的景物时常被人吟诵

感谢春风,它从容地穿过花心

让那些羞涩的花朵愈发温柔

让那些怀春的蝴蝶和蜜蜂原形毕露

此刻,一片云彩从天空滑落

停留在一株桃花的枝头

向一朵桃花致敬

(原载《牡丹晚报》2018 年 5 月 4 日)

春风忌

_瓦刀

"繁华是春天虚构的假象"

一条蛇破土而出,告诉人类
我举双手赞成。在春天
所有物象都身藏脆弱的部分
泥土中夭折的蛹
首尾相拥的蚯蚓;树叶背面
被寒流突然击中的虫卵
春风里频频低头的草木
还有我,坐在春天对面
一个失语良久的人
春风一上身,便染上了风寒

(原载微信公众号"元音诗"2018年4月19日)

女巫之夜

_ 王桂林

这阴沉的一族已经消失了多久?
终年大雾的布洛肯峰顶上积雪闪耀
她们曾披散着灰白的头发,在树林的
小矮屋里,生火,熬药,研究巫术。
她们会骑着扫把穿越茂密的丛林
一只黑猫蹲在上面,总是半睁着眼睛。

这是每年四月的最后一个夜晚,她们
从世界各地赶赴这山峰,脸上涂着神奇药膏
长长的裙摆下,掩藏着不为人知的秘密。

整整一夜,她们都和精灵、动物一起狂欢,
布洛肯峰也因魔法,在营火中疯狂起舞。

此刻的黄河口也进入四月,我正骑上
写作的扫把,准备赶赴诗歌的"魔宴日"
我寻找一个词组的悬崖以便于起飞
避开韵律,当然也要避开意义的猎杀。
内心的营火照着飞行的轨迹,不远处
就有一个句子,成为大雾中降落的斜坡。

(原载《青岛文学》2018年第7期)

蓝印花棉被

_殷修亮

一床蓝印花棉被
湛蓝色底子,洒满兰草的表白
柔软温和,散发幽香

我的新娘,二十三岁
拥被而坐。目光
在朴素的蓝里
如海洋里明亮的小鱼
我们的爱情,正羞涩在春天

现在,我拥被而坐

身旁,妻子睡成一朵莲花
眼角含着春天的露珠

静寂的午夜
蓝印花棉被,似天边飘来的云朵
它一生都干净又安静

(原载《牡丹》2018 年第 4 期)

没有一场雨可以复制

_ 羽萍

每逢屋外积成一条河
我便在窗内搬来一场雨

如果没有人打扰,我可以
假装那天的雨一直未走

(原载《诗歌周刊》2018 年 7 月 28 日总第 320 期)

大雪倾城

_周孟杰

大雪倾国,小雪倾城,若再小可倾一人
雪一层层把灯光压低
把人群呈现旷野,把她们一一变成雪人
看吧,小小雪人
配得上尘世的爱与洁白
乡下,刚刚离世的亲人扑倒身子
干净的雪踩着人迹前行
村落暮色未临,墓园大雪已满
那个呼天抢地的人
被孤零零扔在山野上,她随时都在
飘成一片雪

巨大的雪带着白色封条
最初封住一个人的哭
最后封住一群人的泪
抱着墓碑死也不离去的人,大雪始终无能为力

(原载《天津文学》2018年第4期)

河南卷

与君书

_ 范蓉

秋阳恰好。我却想要抵达一个未知的地方。
那必定是黑暗的,有神秘性、隐喻性的狭窄通道。
像进入女人的身体。它的终点必是蓝。
海的蓝,天空的蓝,谜一样的蓝。

但在这之前,多么痛苦。
我手无寸铁,没有一个词汇点燃,
没有一束光引领,没有一粒火药让我爆炸。像一匹马,
孤零零地在草原驰骋,遇不到英雄。

亲爱的,这种感觉多像写诗,像做爱,
像一个我与另一个我的巅峰对决。
我好像什么都准备好了,却又无从下手。
像暮色四合,天空手执落日这枚印章,不知该盖在何处。

(原载《牧野》2018 年第 3 期)

辛郁说自己掉了牙

_冯杰

辛郁说自己掉了牙
露一些风
和历史的碎屑

名字之鬱是最繁体之鬱
酒后我试一下
整整三十笔画
中国汉字最茂密一棵大树
枝叶多于主干和咳嗽

牙齿掉落在诗行里
掉落在狼烟里　掉落在
那只豹尾最后一枚纹钱里
卒章显志

看到你
让我知道
写诗
从来不是用牙齿

（原载《绿风》2018年第2期）

夜行

_老家梦泉

夜已深
赶在回家的路上

燃烧了一天的炉火
还没有熄灭
只是加满了黑炭

忽然
传来一阵鼾声
从路边的人行道上

一个个疲惫的归人
沉入梦乡
任蚊虫
在他们身上
载
歌
载
舞

(原载"中国诗歌流派网"2018年7月19日)

观赏

_琳子

哦,坐着这一地腐叶,我们
是幸福的。我们
两个鞋底干净的小女人,我们
生育过的屁股结实肥美,
坐着田野的高处。

(原载《诗刊》2018年第9期)

日常逻辑

_森子

楼下传来城管车载喇叭的呵斥,
停靠街边的推车小贩纷纷后撤,
不久,他们还会潮水般涌来。

如同老鹰抓小鸡，游戏每天都在进行。

老鹰因抓到小鸡太容易
反倒觉得没什么技术含量，
所以，呵斥比教育要高出一个档次，
吓跑就行，老鹰还是回去做老鹰。

小贩们觉得没有老鹰也不行，
那会好得晕了过去。
没有老鹰还会有眼镜蛇，
他们不会思考蛇是鹰的第三条腿，
或者鹰是蛇的家族徽章，这太伤脑筋了。

没有伟大的城管就没有幅员辽阔的小贩，
这样的逻辑比萝卜和白菜
还要通俗，但并不易懂。
与其说他们信这个是因为没什么可信的，
不如说他们不相信生活会更美好。

（原载《中国诗歌》2018 年第 1 期）

落叶

_ 邵超

满地的书签
可惜不能全都捡起

仅捡其中的一枚
夹在我著的一本书里

落叶复活了
它从扉页跳到尾页

一遍遍寻究什么
一次次打探什么

忐忑的风陡然袭来
和书中的文字一起心神不定

真的怕它深入灵魂
时不时触及我的心跳和隐私

(原载《莽原》2018 年第 4 期)

欠下的命数将给出余荫

_温青

四十八年用去的命运
将一个孤独的人赶到高冈上
他四顾无数个自己
用落叶装扮长满风霜的围巾
站定在自己的边缘

等候欠下的命数给出余荫

这是一个吃下过无数运道的人
他养过一些悬崖
看它们张开大嘴徐徐吐出厄运
飘散在整个道场的迷雾
给出命定的结论

放出一个在诗书中欠下疾苦的书生
留下一个为命运打更的诗人

（原载《草堂》2018年第5期）

祖母

_严家威

小时是孤儿，当丫鬟伺候地主
后来伺候家里四代人
两儿一女已随她去了
抱大的孙子、孙女一大群

年轻时推石磨磨面做馍卖
辛苦忙活一辈子

现在想给她立个墓碑
但，不知她的姓名、籍贯

出生年、月、日

（原载"中国诗歌流派网"2018年9月17日）

掉下

_张鲜明

我伪装成一枚奔跑的硬币
那条枪，还是认出了我
它变成巨蟒
死命地追我

我模仿老鼠，爬到油罐上
巨蟒瞪着眼睛在下面等着

接下来该怎么办？

我正要请教老鼠
脚下一滑
突然从油罐上掉下

下面
是黑洞洞的嘴巴

（原载《朔方》2018年第3期）

近景

——记"岳阳楼"与《岳阳楼记》

_张晓雪

夜晚,楼空着。
仅有几粒尘埃在麻石栏杆、
窗梁栋柱的缝隙住过。
仅有十二扇紫檀雕屏,那上面的
"春和景明"为黑暗点灯。

它的用意与五谷和草木无关,
也不牵扯处方和良药,
更琢磨不到它对三层楼阁的
搀扶是用了乡音土语还是
字词结构。

总之,它最后煞费苦心,
以"不以物喜,不以己悲"
之圭臬,对木质檩条、斗拱、
盔顶以外的事物进行了
纠偏、加固。

白天,登楼的脚步往往是
阵阵洪流。楼梯震颤,
仰慕淤积,偶尔有飞檐上的

微风将出仕的念头打消。

窗外，船只像解除了鳞片的
鱼，被废黜、被放逐，
被假设的历史遗迹摇晃、
浮游。

没有桅杆倾斜，亦没有
烈日对"览物之情"的粉碎，
洞庭湖仍坚持它的庞大，
而岳阳楼，则尽力压住湖面
那此起彼伏的水声。

（原载《诗林》2018 年第 1 期）

安徽 卷

先生

_薄小凉

艾草遍地的时候,我只能
为你写一首一毛钱不值的情诗
我不会做饭,洗不干净衣裳
种的黍米没有野花长得多
我把她们插进酒瓶,撒一些白糖,就能多撑几天
像一个女子,死后才说出要的甜
我看着她们被烈焰烧尽
看着那些刺,一天一天变软
我吻过她们,但不细问。一个女子的一生不能细问
细问,就会哭出声来
先生,我喜欢你。越是喜欢越不说
我喜欢坐在每一条你不会经过的路沿看风景
雪花满身的时候,母亲就过来抱紧我
她说:活下去。
每一个听话的孩子都能活下去
她让我生我就生,让我忍我就忍
人世的路千千万,你选择水路

千瓣莲都能忍住污泥
我为什么不能忍住那些脏
为什么不能。先生不要为我掩面而涕
我吃光了你的宿蟒,申椒,杜衡,荪
你打我的时候一定哀叹着:吉妃,美人去兮
可是哪,"乐莫乐兮新相知",我知道你是个花心大萝卜
你的那些情诗没什么好的,啰哩啰嗦
你的那些辩歌也没什么好的,皇帝都不要你了
还说什么"还之君无恙",可是哪
你这样一个迂腐愚忠的年轻人,让我读到每一寸神经都疼……
先生,我不给你看我的红裙子白裙子蓝裙子
我要你要了我
像一个真正的男人要了一个真正的女人一样要了我
我发誓,这一夜,我不哭
我想揪你的大胡子

(原载《我想要你的宠爱》,先驱出版社 2018 年 9 月版)

总会有一些词要烂掉

_方文竹

一大早　钱珊珊炖了一锅鸡
客人们来了　小小的客厅茶香烟浓　挤满——
欢乐快餐　多变的中年　一个男人对一个女人表达的
细罐　汉陶　望帝春心　小灯盏的深度开采

外面的一声巨响　像天地突然张开的巨口
炸翻了话题
坏了坏了　钱珊珊忘了看火候
炖成了一锅粥

生活的盛典　字迹潦草　模糊　变淡
总会有一些词要烂掉
像酸辣苦甜从味觉上渐渐消失
那是谁呢　迷恋于打捞　抢救　起死回生
在一个烂掉了的词里吃喝拉撒
这些年我磨砺词锋　做着一篇奇味文章
无人阅读的世界依然完好如初　口若悬河

（原载《星星》2018 年第 1 期）

且饮茶去

_ 焦正达

茶的滋味被每个人品味着

没有缘由
不必细说
万物自在纷呈

从荒野到城市
从远古到而今
我仰望岁月斑驳的青布大幌
曾有多少故事
在风雨中飘荡

我想象人们品茗的感觉
一种浸入骨髓的蛊惑之香
被一遍遍注水
稀释原味

是谁在展示冥冥中轮回旅程

在很多的日子里
我洗却一路风尘
坐于木几之旁
独自把盏
静静地
小饮

（原载微信公众号"宣城文化家园工作室"2018年9月14日）

苍凉

_李云

该我做选择的时候
灯光在选择黑暗,风在选择冬季
目光怎么就停在刀子的刃唇上
寒光跳动
心悸
其实,我一直暗恋刀柄的前身
胡桃木的香味漫过噩梦
只有在那里我才能飞翔
不要怨恨制刀者
他和我一样无辜

汽笛的链子总是关不了一扇门里的忧伤
正如我降下眼帘
还有飞蝇掠过
被剪裁的植物矮化成
精致的利己主义者
我还能说点什么

刀子怎么就插入墙壁里
扶着墙走的人
不只是我一人
光呀,一寸寸地暖着

一段段地冷去
如水流过

(原载《诗刊》上半月 2018 年第 9 期)

春天,去看望一位诗人

_李庭坚

海面,波澜不惊
那栋我们熟悉的房子,芳香四射
装满了粮食和蔬菜

我沿着山脉和河流
沿着一串温暖的名字
在春天,去看望一位诗人

麦地无边
斑驳的积雪,像郁结内心的寒冷在消融
绿色,呈现出一圈圈柔和的光芒

百花欲放,十个海子
从麦地的拔节声里醒来

我面朝麦地、苍老的母亲
以及过去了的苦难岁月
深深弯下腰

(原载《鳄城文学》2018 年夏卷)

冬景

_清心

陪你到郊外去寻诗
这种感觉好浪漫
冬日的景没有色彩
牵着的手是最美的
风景
感情的历程
是否会有终点
彼此深情的注视
在心里绽放绿荫
一路上说不完的话
是缠绵的眷恋
句句都会栖息在
分别后
某个相思的夜晚

(原载《百年新诗网络诗典》,江西高校出版社2018年11月版)

父亲

_沈天鸿

九十岁了,父亲的腰
依然挺得很直。他喜欢睡板床
习惯了。他说。父亲是渔民
充满水声的夜晚
仍然在硬邦邦船板一样的
他胸腔中一直晃荡,让他忘记
自己身在何处,在醒过来
与在梦里一样黑的夜一起发愣

父亲没有想到
他这一生会做渔民,但事实就是如此
最深的水里,最复杂的水域
父亲都一眼就能看出
鱼聚集在哪儿,但他看不清自己
一步步走过来的一生——
回首,水面上只有起伏变化的
朝四面开花的波浪
没有道路

那么多一个人驾一叶渔舟
随鱼群漂泊的孤独的夜晚
除了风声就是水声、雨声

流星溅落时呼啸但空虚
实际只能想象的声音
父亲,他是怎么过过来的?
——这是个秘密,父亲从来不说
我们也从来不问
人生,有些事情必须互相沉默

没有什么事情能发生了,父亲
已经九十岁,渔民的一生已经结束
他现在住在岸上,风雨和天空
都留在外面,留在往事里
那儿,波浪不断起伏,必须起伏
每一排波浪都涌得
接近天空
每一排波浪都不能保存

(原载《上海诗人》2018 年第 2 期)

民谣也有 120 迈的时速

_寿州高峰

三表叔家的沧海
只不过是一鉴方塘
二大爷家的桑田
剪裁成了身上的绸缎

宅基、祖坟、放牛岗
咸鹅、米粉肉、卯时雷
有人花大钱,十几亿的大钱
测出一句近乎荒诞的民谣
120迈的时速

"三觉寺,寺觉三
走起路,不打弯"
现在,我们在道口迎接
一个夸张的抒情诗人
几个曾经回来修桥补路的小老板
一群大包小包返乡的民工
欢迎你们啊
欢迎你们从异乡直达故土
欢迎你们回来上坟、过年、吃土菜
欢迎你们流下激动的滚烫的眼泪

(原载《诗刊》上半月2018年第6期)

在港口龙窑

_帅忠平

那些承载我们的器皿
形体圆润　多么像饱满的词汇
捂着一道道伤口　笔画被渐渐忽略
摔打　揉成一团　在生活的案板上
他们飞翔或者跌落　他们
相互撕咬着　被千年的火炼化
他们保持咬牙切齿的沉默　他们
恶狠狠地把火拽进骨骼

而万物背着沉重的影子
面对这些大地的遗孀
失去了叙事的嘴唇
就像词汇被时间风化
已经无法被精准地解读
世界躲在防守的门后
日子安静得如此完美无缺

（原载"中国诗歌流派网"2018年9月29日）

默默站立

_ 汪抒

年代不明的昔日，有一个不明之人
喜欢串门
不仅邻居家
有时也跑得很远
到村子的那一头

有时他很晚才回来
手里握着电筒
光柱划过黑暗中的树木
划过草垛
和茫茫的远空
在难以照亮之处
青草正在疯长

牲畜们格外安静
大都躺卧而睡
只有一个，身躯渐趋透明
在圈中，它像梦一样
默默站立

（原载《星星》2018年第1期）

半边街

_王正洪

半边街。被雪覆盖着,一夜之间
却如一只缓动的雪貂
在都市里,在人的心坎上
又似一张阔绰弥漫的宣纸
爱恋,不忍放手

然而,摔倒的我
落在飘落的雪花之中
像一只银色的狐
尖叫着。凄惨凄厉
雪,依旧毫无知觉飘落下来
依旧有女孩堆着雪人
依旧有人拍照雪景
雪人戴上了帽子,雪人被嵌上黑色的眼睛
雪花如钻石迷惑着天空
没有人为我转身,哪怕一瞬间的工夫
或"哎哟"一个词语的惊叹
我,隐痛着,不及雪花的轻盈
不及一张飞饼,反反复复的温暖
哪怕我是一位诗人或农夫
有坎坷的经历或惊天动地的事迹
我与他们无关,与矗村的酒肆无关

雪,在漫无目的地飘着
那么大度,那么疯狂

(原载《宣城日报》2018年7月6日)

我为什么喜欢栀子花

_ 许泽夫

我的母亲年轻时
就是一朵栀子花
粗茶
粗活
粗布裳
都掩不住她的芳华

我的母亲从少女到老妪
都喜欢戴一朵栀子花
那是她唯一的装饰
那是她不变的奢华

大街上
面对一个卖栀子花的老婆婆
我泪如雨下
我看见
我的母亲

就坐在花蕊里

(原载《作家天地》2018年第2期)

观黄果树瀑布

_应文浩

我没有别的样子
你们看到的
白、润、晶
也是我的样子

没能被你们遇见
我并不忧伤

从天堂的阶梯下来
我看见
万物皆如众神

有一瞬
他们潮湿的光芒
绕着我转了一下

(原载《安徽文学》2018年第2期)

江苏 卷

中秋节,是传说还是麻醉剂

_草山

桂花树常年,住在月宫里
闲暇时偶尔也,到人间逛逛
住进,一幅画中
月亮也在画里。它们
不问世事,对人间漠不关心
将柔弱的光亮和淡漠的香气
冷静随意地,抛撒在暗夜里只为
应付差事。全不管结果如何

等待,中秋节世人的欣赏膜拜
再一次拿嫦娥玉兔和吴刚伐桂的传说,纷纭说事
这魅惑的传说,蝼蚁和小草
已聆听千年
中秋夜的桂花酒,苍天大地尽情地喝
没有谁会,胡言乱语

吴刚醉了几百年也,永远不会说出真相

中秋节，是传说还是麻醉剂

(原载"中国诗歌流派网"2018年9月22日)

苦的太阳在夜里是一滴墨

_车前子

从火车头，那人偷走蒸汽，
到处弥天大谎，
占卜者一个也没有见到，
虚荣与虚弱，

自称为王，自称为占卜者，
不怕我来收税吗？
命运占有——可怜的父亲，
他占卜者的生涯结束，

门口哑语里，
摆个葱摊，吃鱼人七个，
一星期月亮的客户，
而苦难难于启齿，

苦的太阳在夜里是一滴墨！
火车头后面，你太太是种不知名液体。
占卜者手中：一棵阴阳草，
认清形势，换成一根葱。

从我,那人偷走种子,
发芽的蒸汽露台上轻巧——
做着俯卧撑。
"谎言人群之中锻炼身体。"

(原载《草堂》2018年第7期)

我看见的文明

_ 黑陶

一轮月亮
在东方的江河里
多少次
因为戕害
而破碎、痛苦

破碎的月亮
又有多少次
用难以置信的自愈力
在我注视的古老水中
缓缓
皎洁如初

(原载《芳草》2018年第4期)

房间里空空如也

_李樯

通往所有房间的门都关上
屋子里唯一的家具
一张沙发,一个活着的人
或坐或躺,手中空无一物

天花板上映现星空
接着是白日光影,窗外蝉声乍然停止
书本掉在地上,安静地
自己翻阅着自己

一天很快就要过去了
他有些着急地躺下来
他要的那种空虚如注
迟迟未来

醒来后,他发现自己
终于消失在灰白色的亚麻布里
布面还有压痕与体温
房间里空空如也

(原载李樯新浪微博 2018 年 8 月 5 日)

古筝

_刘季

隐身于弦
十指连心

有人怀抱大雪如火
有人挥剑如丝帛
谁捧烛光
谁饮黄连

这古典美人
一生沉默寡言
却藏着十面埋伏

(原载《诗歌周刊》2018年7月7日总第317期)

在你的子宫里蛰居或游荡

_ 沙滩

这样该多好
没有风雨
没有俗世的冷暖
没有黑与白
时间也是多余
可是
我能感知你的每一阵痉挛
你的小小喜悦或丝丝忧郁
如果我还需要呼吸
也只为吞食你
你会感知这要命的存放
无需海誓山盟
只能不离不弃
在你的子宫里蛰居或游荡
这样多好

（原载微信公众号"长淮诗典"2018年5月16日）

盛开在这儿停了

_魏欣然

我的眼睛是石头
你是把石头涂成柔软的花
有些语句是能拧出水的
我不太懂得语法,所以
我把那些句子蒸发
盛开就在这儿停了

小鸟在白云间转弯的时候
你误解成右边的空气
要告诉小鸟秘密的汪洋
或许这也是真的,只是我啊
边流着泪边做着梦
盛开就在这儿停了

天和地之间隔着白瓷
白瓷弯了腰,雪就开始下了
也可能是雨,汪洋流动在蓝纸上
我索取的浪漫雪白又坚强
盛开就在这儿停了

(原载微信公众号"细读会着迷"2018年1月15日)

刀客

_雪鹰

鸣鸿已飞云天,寒月
也不知去向。青龙偃月的主人
被他的后代当作门神
新亭侯,斩了张飞的头
又凌迟了凶手。换来换去
刀客,已面目全非

扶弱惩强,或打家劫舍者
今天都换了行头,换了兵器
蒙面的黑布早已扔了
搞不清是在劫富济贫,还是
杀贫济富,今天的刀客
徒有虚名。早已被枪手取代
甚至不如龙门客栈的厨子
在民间,多少还有点口碑

三个火枪手死了好久了
而这里的枪手,不会留名
它们只是器官,留名的
将是指挥它们的,另一个
器官。它们脸色青紫
正在溃烂,像 1918 的梅毒

青霉素也挽救不了,一个罪恶的
时代

刀客,已经是历史名词
看到它你就看到了,重复的历史
刀,还在现实中
在菜板上斩鸡,所谓唐刀
苗刀早已锈蚀,斩玉的锟铻
应该流落了民间。金庸大师
不知宝刀老否?能否
找到可依之天,完成另一部
经典,让宝刀亮瞎
人眼

(原载微信公众号"安徽诗人"2018年9月16日)

卢舍那大佛

——呈风华、臧北、苏野

_育邦

我们有一座秘密花园
长满了命运各异的玫瑰

来历不明的山峰
成为一座座信仰的棺椁

来历不明的星辰
走散在寥廓的夜晚

时间毫不留情地殄灭帝国
同时留下伟大作品来证明

帝国的情人伫立在龙门山
绚烂的玫瑰死于红斑狼疮

伊河匆匆,从历史深处汩汩流出
倒映着少女瞳孔中羞赧的微光

当我们爱上一块巨大的石头
轮回而至的命运与从天而降的黑暗就将我们团团围住

(原载微信公众号"婺江文学"2018年8月6日)

贫穷吞噬一切

_ 宗小白

贫穷吞噬一切,却没办法对付孩子。
孩子们会把贫穷捉住,穿上铁丝,烤知了一样架在火堆上
孩子们还会把贫穷从野地里拔起,洗干净泥巴,使劲吮吸根部的汁液
孩子们还会把贫穷当成破旧的书包,丢三落四的忘在炊烟的河边
贫穷吞噬一切,却没办法对付孩子。

它只有耐心地等着
这些孩子长大

（原载《诗歌周刊》2018年8月4日总第321期）

上海卷

白色鸢尾

_艾茜

五月,白日无光。

从隐秘人手中接过罪名
隆重得像是迎接了一场龙卷风
你被这突然的"幸事",灼瞎眼睛

然而,愚昧的人,是没有资格哭泣的。

你此生,因错爱一道残忍的风景
而陷入绝谷

你是没有资格哭泣的。

(原载微信公众号"棉花与布谷"2018年5月21日)

我在等旧世界传来的消息

_冰释之

大批新人在网络安顿下来后
旧世界已经找不到出口
一些细节绕到了事实的前面
一些情节因为受过伤而变得非常尖刻
其实每个人起初都挣扎过，后来也都谄媚过

不必回忆
那些在历史里找不到的往事
它们已经不会在新人的窗前醒来
有时候晴朗的天空
也上演悲剧
光芒闪过到处是迷人的邪恶
谁会在事物的表面祈祷
然后将模糊的痕迹养大成证据

而新世界正好相反
它们更像远处走来的一对父子
相互依赖为情感的矛盾
时间在他们脚下铺设了两条平行线
有了疑问就在月光下点燃香烟
两颗星的宽度
足以培育被对方抚摸的角度

哪怕之间有浓厚的雾霾
也只会停留在未来病人的脚边

旧世界已经远去了
我们在努力学会目送新人走下去
虽然记忆和长夜在我们背后
虽然崩塌掉落的声音一直在回响
新世界那边
总会有一些透露给未来的消息

（原载"中国诗歌网"2018 年 10 月 4 日）

回避

_ 古冈

要是我不起床，窗外雾罩
小模型的房子：
顶楼几个吐出
方正水塔。楼梯矮
一脚踩空，楼与楼间的道。

事实上所有人没动，
看似脚，其地面的阴性
流逝如水般。是地街
无形传送带，把童年
转身输至一个无人处。

阴干的路旁,没一人
回头瞟一眼,看看擦身
远走的,和眼下的相似。

钱币从银行,外墙砖缝
灰衣着一晃。
像谨慎果子,回避不了
裹挟欲望刺人的洪流。
习惯起的头,端正节操
和衰老。他们并不怕
他们没法制止的墙,
碎的时儿,一同落崖。

(原载《诗歌月刊》2018年第6期)

隋梅

_海岸

隋塔下,梅亭旁
听法师拈一枝梅花,心就溢满花香
1400年前,也许更早些
浙东一支水系出钱塘
沿剡溪溯流南下上青山
问我何处去,又到天台看石梁
少时敢打梁上行,却不敢俯瞰深潭
茂密竹林间,一泓飞瀑梁下落

寺既成，国乃清
法师植下一株梅，朝夕闻晨钟暮鼓
智者"一念三千"天台宗
捕捉一念心起，你我诗意足矣
寒山与拾得终成就和合文化
"世间谤我、欺我、辱我、笑我、轻我、贱我、恶我、骗我，该如
　　何处之乎？"
"只需忍他、让他、由他、避他、耐他、敬他、不要理他、再待几
　　年，你且看他。"
二十四首寒山诗竟成为异国不朽经典

山门外，古道边
一行到此水西流，高山杜鹃尚早
竞演诗人杖藜行歌山水间
院庭内，坐看满目萧瑟
唯有一树白梅早春花满枝
踏遍青山，停不下前行的脚步
同题"隋梅"比拼三十年自我
且随花香，穷尽浙东唐诗路迢迢

（原载微信公众号"魅力台州"2018年2月28日）

渔蚀

_吴跃东

说过的海,宛自鱼的苦谏
一尾腾挪,他甩头

稀松的望,鱼眼凝削于帆尖
一帆在众帆中渔歌

鳞鳞的网罩着
一方出格的幽蓝

渔人收紧他的等待
千尾之凌空,而冷涩的海

恒远,如一幻化的魔镜
一帆自众帆中脱颖

错齿的帆,且锯且行
残云便悠扬地断裂

复哀感,这顽艳的凄白
自鱼肚以上,直指天边

泛泛于雁翅的破空

立于骨，而销于形

浪之形，终抵不过胸前
那件海魂的蓝衫

这一瞬来得好快，从天而下
众帆纷纷脱胎而去

渔人正戚戚地撒手
戚戚地靠上，这暖流是隔海的

（原载微信公众号"诗广场"2018年第66期）

咏流萤

_叶青

当你潜身返回别梦依稀的故园
请为我摘取一枚带露的流萤
这暗夜潺湲，唯有它在数光年外
兀自明灭，或在你的瞳孔猝然交汇

难道你没有看见，它正借着微风发光
宛如一个吝惜韶华遗存的拾穗者
你要将手伸展向新秋的风中，像渔夫
阅读海流一样，去探询熠耀的方向

或许你收纳的只是它反射的光
但是它能眺望你，披星戴月的行囊
它偶然点亮了这黑白之世，顽艳的
低唱，穿透你的掌心传入你耳中

当它娟飞于更深露重之时，听起来
是青色的。你如何辨识这亦真亦幻的
孤灯？你我不也曾追逐于衰草间
彼此尾随，又轻轻放开，一别两宽

（原载微信公众号"Eyesaga"2018年9月8日）

心底存有往事的人

_ 郁郁

心底存有往事的人
往往多愁善感
像黑不溜秋的海参
柔软，并且富有弹性
需要足够的水分和温度
舒展开来即便成为别人的营养

心底存有往事的人
总会独自长吁短叹
像一头俯首但不甘的孺子牛
浑身上下，一生皆有用

当然得从血淋淋的屠宰开始

心底存有往事的人
常常离群索居
像飞离猎人射程的孤雁
那纷落的粘连血丝的羽毛
是记忆的书笺生命的绝笔

心底存有往事的人
不太喜欢夸夸其谈
墨水和酒量陡然反差的年纪
喝喝茶,抽抽烟
想想如何把爱恨情仇
写成一副新桃换旧符的绝对

(原载《圆桌诗刊》2018 年第 6 期)

归

_朱峰

眼看就到村口了
我停下脚步,望着
另一个村庄
小时候怕邻村的狗
现在怕雪后老去的人们

先去坟地看看吧
走一圈就找回一年
多少年了
为了避开一个圈子
我兜着另一个圈子

快到家门口的时候
手里提的肩上背的都变成了
各种熟悉的粮食
老屋像开花的枯树
看着我五谷丰登地到来

(原载《诗歌周刊》2018年2月3日总第295期)

湖北 卷

每个人都有一座博物馆

_阿毛

左边的青丝,右边的白发
和中间的石子

你的室内有勾践、编钟
刀剑、针具、苦脸和蜜

有沙漏、竹简、羊皮卷
指南针和火药

你的胸中有酒樽、马匹
块垒、日月、山川和灰

有心脏和白色骷髅
有蝴蝶标本和黑暗居室

伪和平的射灯照着

啃过疆域、咬过界石的

牙齿

(原载《诗歌月刊》2018 年第 2 期)

穿越夕光

_ 刘将成

黄昏,我从天堂路过,在人与神的边缘
一枚金碧辉煌的棋子

嵌在变幻莫测的云朵里
向上,或者向下,都是蹩脚马

天上人间。再有两个小时
我将落在一个叫赣州的地方

那时已是万家灯火
一万盏灯,照着人间的一万个残局

(原载《牡丹》2018 年第 9 期)

石雕

_谢克强

时间　抑或岁月的风
骤以一种痛楚的冷静
轻轻吹拂着我　又重重
雕凿着我

灵魂却异常清醒
以沉默为基座　守着自己
然后让风拂去怯弱
露出瘦硬的骨头

常有无名的渴望　让
狂草的头发霍霍作响
执着自己的情绪　或喜或悲
都是血与泪的释放

最是微合的眼　凛然深沉
洞悉危机四伏的世界
而额头暗示的伤疤　让心
跳在痛苦之上

待等感觉触及意志之后
再雕凿冷峻的思想

以及那深沉的慨叹　让其
浮出青铜一样的光

(原载《扬子江》诗刊2018年第3期)

围墙

_余笑忠

有人喜欢竖起
一长溜敲掉了一截的啤酒瓶，为围墙
再添一道屏障
以尖利的玻璃，防范难测的
世道人心

那尖利的玻璃并非嗜血成性
被砌在围墙上，更像是
受苦刑的罪人，构成的一道防线

它们会梦见风筝
梦见大雪
梦见自己
被大雪覆盖，又被雪人
紧紧拥抱

(原载《诗刊》上半月2018年第2期)

自画像

_张洁

淡淡的眉心，点一粒醒目的浅褐色的痣
（绝不可忽略这荣耀的印记）
她要这样画自己：补上浓密的睫毛
为双目织好紧密的藩篱
（光芒向内打开时，必将获得幸福的想象力）
她要这样画自己：双唇之间带些许紧张
不允许有任何的气泡在此产生
要在左右两边的唇角，添上浅浅的笑纹
正如她要说出的那个词语
给她穿上白袍（不是丝绸或棉布）
这里要用心，要谨慎运笔
描画出细麻布清晰的纹理，需要耗费大量的心力
她的美貌，不用念珠或玫瑰装饰
只要把洛尔迦那枚缄默的指环套上她的手指
然后，还要画一棵成长着的树
渐渐地为她遮阴，渐渐地成为隐蔽
渐渐地代替了她，占据了整个画布的位置

（原载《大地文学》2018 年第 2 期）

答枕边人，兼致新年

_ 张执浩

唯一的奇迹是身逢盛世
尚能恪守乱世之心
唯一的奖赏是
你还能出现在我的梦中
尽管是旧梦重温
长夜漫漫，肉体积攒的温暖
在不经意间传递
唯一的遗憾是，再也不能像恋人
那样盲目而混乱的生活
只能屈从于命运的蛮力
各自撕扯自己
再将这些生活的碎片拼凑成
一床百纳被
唯一的安慰是我们
并非天天活在雾霾中
太阳总会出来
像久别重逢的孩子
而我们被时光易容过的脸
变化再大，依然保留了
羞怯，和怜惜

（原载《大家》2018 年第 3 期）

湖南 卷

打刀的老人

_韩定昌

蜗居在城市的边缘
他和风箱一样寂寞
炉火似熄未熄
叮叮当当的敲打声
停留在二十五年前的那个早晨

那时,他四十出头,身手敏捷
犁头,耙头,锄头,菜刀
在他手里变戏法一般
从火炉里锻造,从水里出来
让十里八里的乡邻惊艳不已

后来,机械化替代原始工具
生意开始萧条,他只好
回到知己身旁——
用一杯杯浊酒,作践自己
浇透愈来愈长的闲散日子

而今,他居住的城市蛋糕在成倍膨胀
几个徒弟悉数离他而去
而他,眼眉低垂,一个人一直守着
怀想往昔红旺旺的炉火
铁匠铺门可罗雀,而不倒

(原载《本溪晚报》2018年4月25日)

湖中三日

_李不嫁

第一日,我恢复了嗅觉
荷花的香,恰如婴儿粉嫩的小拳
大湖里的鱼抱在怀里
呼出的气息,如皮肤光洁的小学生

第二日,我恢复了视力
走向平原尽头的人
不是一个黑色的句号,而是蝌蚪
生动地摇头晃脑
再小的鸟,飞着飞着,仍是一片羽毛

这是第三日,我恢复了听力
一只鸟惊呼:看啊
落下的流星烧沸了湖水

我听到哧哧的声响,像有人
缓缓扇动翅膀,去接替那星子,继续发光

(原载《诗潮》2018年第4期)

离别辞

_ 刘年

白岩寺空着两亩水,你若去了,请种上藕

我会经常来
有时看你,有时看莲

我不带琴来,雨水那么多;我不带伞来,莲叶那么大

(原载刘年新浪博客"刘年的文字"2018年5月12日)

秋风起

_吴投文

秋风起,我从阁楼里下来
敲钟,一下两下叮当
蝉声的羽翼稀薄

西风来得早哇
有人撞上南墙不回头
独自叹息

草木抵住最后的凋零
却是一个恍惚,又一个恍惚
掩饰果实的迟疑

我钟爱这些发黄的草木
那么脆,天空晴朗
少妇走过庭园里落叶的嘀咕

我和一只蝴蝶的魂有什么区别呢?
舞一下,又一下
河水在远处静静地闪光

梯子已成朽木,我只有沉默
蚂蚁爬上一节

就有一节的恐慌

(原载《长江丛刊》2018年第8期)

梦想国

_吴昕孺

这是一个梦想的国度。有着
不一样的明月
由刀光和青铜冶炼而成
打开夜晚那座乡愁的仓库
诗人,这唯一而又不称职的搬运工
在漆黑中,迷恋汉语
雪白的锁骨

这个国家的广大,正好
吻合梦想的边界
它将世界的车轴换作春秋的轮辐
追捕唐、宋这一对
逃逸的恋人。从早晨
贯穿黄昏的华美,被裁剪成
浩荡的衣裙

你看那碧水之上翩翩的红蜻蜓
无声无息。不知何来,不知何去
既飞翔,又停伫
它头顶那不易察觉的颜色

可与绚丽的晚霞、飘扬的旗帜
媲美，却永远浓缩着
一小团寂静

（原载《诗刊》2018年第2期）

饮茶

_幽林石子

我料定
茶里的炊烟
因你而升起
你看，茶里飘过
白云的村庄
有人
幸福地啜饮

茶里的配料
是一枚失足的月儿
那离家的光亮
有一些苦
有一些涩
轻轻挠一挠
就翻过了舌头
这一页

（原载《诗歌周刊》2018年8月18日总第323期）

鸟叫

_张战

因为鸟老是叫,所以我哭了
也许是同一只,也许是不同的许多只
它们的叫声抓住我
就像它们的爪
抓住身下的黑色树枝

夜里,人们在灯下面面相觑
握住我的手吧
原谅我们这些孩子般软弱的人

因为鸟老是叫,在夜里
树林闪着水淋淋的绿光
鸟儿啊
它的叫声
就是我受尽折磨的灵魂

(原载《长城文论丛刊》2018 年第 2 期)

寓意

_朱立坤

我来的日子
天空下着流星雨
父亲走的时候
茫茫一路栀子花
如今大地的许多伤口
在叫喊疼痛
我躲在某处
替它们流着鲜血
父亲的坟头枫叶红了
夕阳将它的意境刻上墓碑

一眨眼长于一个世纪
一片落叶里
熟睡着
N个春天

（原载《世界诗人》2018年第3期）

五月多余的雨

_解

我想告诉你大雨为君降
那些鸟声
后来吸收热情的涡流
风纠缠夏季绿过树丛
而粉嫩的花
呈现肉色的完美
那些鸟声旋转在阵雨之上
暮色绿过草坪
那些水的墙
遗落边缘的新鲜
绿过鸟声
我匆匆披着米白色薄毯
冒雨告诉你
日记里阁楼早已失聪
阴天排队
重复着什么
距离很轻

(原载《湖南文学》2018年第3期)

江西卷

山顶上的雪

_布衣

一觉醒来,发现世界一片白
发现远处的山顶戴上了厚厚的帽子
发现风里没有了一丝灰尘。一声咳嗽
一个孤傲的人吐出了带着血丝的痰
就一声。人世复归冷寂,哦,人世复归冷寂
群山顶上的雪兀自闪耀着光
像神遗落在大地上的一瞥

(原载《诗刊》下半月2018年第1期)

在一个具体时间中的蜗牛

_陈伟平

如果枝丫不那么光秃
如果一只鸟在枝丫上
落下,随即飞走
一只攀上树枝的蜗牛
肯定会被我忽略

我就不可能去猜想
它的左顾右盼是得意还是惊慌
也不会顾虑
它占据的花果位置
是否会改变一条枝丫的走向
更不用担心
一只鸟随时可能给它致命一击

如果不是因为一只蜗牛的存在
一个自以为是的诗人
怎么也不会在一棵光秃的树下
长久地和这个世界,相安无事

(原载《诗潮》2018 年第 9 期)

散却

_ 邓涛

死时没惊起太大的波澜,死后就更安静。
我们在地球有限的路上行走,我们的记忆无法漫延到前生
    后世
在非物质的河流中,我们是伫立着的一道道影子
山谷储存不了我们的声音
天气、地震、海啸……我们没有能力改变世界无常的心情
我们在大地见面,结成母子、夫妻、兄弟和朋友
然而这些,就像我们聚拢成型的故乡,渐渐失散
我们栖居在庞大的社会内部
仿佛在一片伪相中结识
在光明与黑暗的边界上,我们像一群孩子仰望苍穹
那些不死的神还剩下多少意义
狂躁的战争,人类恢复了动物污秽的面貌
他们一直在奔跑
终于像一群鲁莽的兽,被死驯服了
死了,我们的温度在时间的一个出口递交给月光
疮痍的心淹没在浩荡的虚无之中,一切的一切,都凉了
我们信仰过的宗教、政治与文学
只是为了让精神不会轻于身体,现在该散的都散去
若是要想起那些脸或者名字,像陈旧的贴式
纪念我们在空气的包裹里那些苍老的孤独
也许有人会无聊地掂一掂,与繁华做一个比较

肉体在世俗的仪式中废除了
有谁还能在四季次第开放的花朵里嗅到灵魂的清香

(原载《南昌晚报》2018年6月18日)

走马灯

_ 洪老墨

作为元宵节挂花灯的一种
走马灯，从秦汉一路追逐而来
点亮了昌邑人两千多年来的生活
更为明确的，它更像
鄱阳湖水面的波光
闪耀了当年海昏侯的整个王城
及其兴衰的历史

如今的走马灯，它的魅力
依然是你追我赶
但现在肉眼能看见的
不再是历史赋予它的
清晰度和立体面
而是诗人赋予它的诗行

当诗人用手机记录灯亮马走时
走马灯的激情和修辞
把灯的光芒和追逐的影像

谱写成火红的日子

（原载《南昌晚报》2018年3月19日）

游戏

_ 老德

开始
他挖了个坑
想埋掉我
后来
我挖了个坑
想埋掉他
现在
彼此都被
黄土埋了半截
才放下铁锹
相互点燃
一支烟
不好意思地
笑了笑

（原载《江湖》2018年总第15卷）

水的雕塑

_ 钱轩毅

一滴水从洞顶坠落，暗河中
石窟晃动了一下，瞬间，又如
墨汁泅入夜，被扩大的涟漪熨平

一滴水的动静太小，小到没人注意
所有人都仰着头，为头顶的钟乳石惊叹
天生丽质，再披上七彩的灯纱
洞中人完成从红尘至仙境的羽化

而水，正在把自己一部分生成河
一部分，生成石头
千万年前的河水流落何处
有谁人知晓？水不管不顾，依旧
一点一滴，一点一滴，完成生命的雕塑

水是艺人，不亚于任一位伟大的雕塑家
它以钟表的指针为刻刀，由上而下
细细雕琢。每一滴水，都住着石头的灵魂
每一块石头，都替水活着

一滴水，滑过钟乳石和我的脸颊
有多么相似，又有多么不同

脉管里暗流涌动，我一个激灵
感觉骨头里，多了些岩石的成分

（原载《诗潮》2018年第2期）

迷路

_ 山月

你老是在繁华的城市中心迷路
即使每一条路都有姓名
每个岔道口
都指明了方向
即使来去匆忙的陌路人
有别于另一堆陌路人
你，迷路
你回不到那个熟悉的小镇子
那里存在着许多未被命名的路带你回家
你记住了它们
却叫不出它们的名字
在你的记忆中
它们总是不能被喊住
所以调皮地向外使劲儿蜿蜒

（原载"中国诗歌流派网"2018年2月13日）

麦园

_ 熊国太

麦园非我故乡庄稼地，是和我一块长大的
家门兄弟名。十七岁那年，我们一同上大学
没逃过课也没挂过科，毕业后留在同一城市工作
几乎同时娶妻生子，也几乎在无聊后
开始写豆腐块短诗，还各自开了一个心情博客
把那些麦粒般的文字种进去。但祸从天降
麦园婚后五年患绝症，火化时我哭不出声音
回家我把博客点开，他生前塞给我的字条依旧在
如一垄垄麦苗。又五年，我搜索麦园的博客
它仍安静地挂在那儿，像故乡撂荒多年的土地……

（原载《草堂》2018 年第 3 期）

野味

_徐春林

这人世间，除了野味外
谁还期望吃出肉味来

餐桌上太过平常了
所有的肉都卸妆
飞禽的，野兽的，人的
都在秋天凋零时退除颜色

那些吃过萝卜青菜的人
脸不再抵御寒冷
他们在喂养生活的同时
重新喂养了另外一个自己

(原载《钟花》2018年第9期)

看花的人

_殷红

看花的人,从四面八方拥来
他们带着相机,带着画板,带着一颗索取的心
他们都有一个愿望
把这些花:桃花、梨花、金黄的油菜花
浮在花瓣上的阳光
藏在花瓣里的花蜜
带回去
安进自己的时光和骨头里
但那些花啊,在看花人走了之后
依然挂在枝头。生长或者枯萎
没有谁能偷走她们的影子
和香魂
看花人不能
风也不能

(原载《延河》2018 年第 3 期)

浙江卷

沉默的月亮

_陈星光

父亲在一个小小的盒子里。
他曾经在我的怀中，
默默地回家。

在他回去之后，我才紧紧抱着他。

父亲终于沉默如泥土。
作为农民的一生，他实在说不出更多。
即使到我梦中，他也不说话，
只是机械地干着农活，或者
就这么注目着。

他是否获得了安宁。还是
再次成为活蹦乱跳的儿童？
五年了，故乡青翠山冈，
一轮沉默的月亮把我们瞩望。

（原载《草堂》2018年第6期）

在落日之间

_陈鱼观

离开之后,黄昏占据了树的追问
留下的身影不可饶恕,偶然的一次回眸
被一条台阶砌成的锁链节制
他等不及女人的靠近
从江水间决然起身
沿起伏的山脉变卖廉价的爱情
如同走投无路的破产者
站到悬崖上,张开血一样的大口
猛地一把推断远方,将荒草还原为卑微的寂静
最后的欲望被烧成了灰烬
所有壮阔沦作一声钟鸣
经文藏于石头中,接纳陌生的足音
而孤单的云刚刚启程

(原载《延河》下半月 2018 年第 6 期)

够了，江南三月，江南四月

_黄亚洲

三月江南，四月江南，植物集体疯了
脸色通红的风驮着上百条彩虹
凡树木，见着就扔去半条

阳光一点火
大地，整片地烧

我的人啊，你又在哪里
我追着彩虹跑，半脸红，半脸紫
真不怨我，所有的全疯了

柳枝四面八方转圈，马鞭一样打我
我怎么就没有了方向？

我知道我与植物不相通
我没有花蕊，只有泪腺
连蜜蜂，都不愿做我的红娘

就看这世界空空烧着，我却无米下锅
谁定的日历啊，一年里偏要有三月
要有四月？

甚至
趁我喘气，飞过的蜜蜂还来亮一亮尾针
对我说，装逼的，你够了

（原载《延河》2018 年第 4 期）

我的灵魂走过黄土高坡

_ 慕白

季节已是冬至
延安去文安驿高速公路上
我看见光秃秃的树枝
枯萎的草和山坳的村庄
河床都是干涸的

大风刮过来，大风又刮过去
大风无依无靠
我担心草木受冻
牛羊缺水，会渴死
心一直被揪着，难受

路过在郭家沟，冷冷清清的村庄
一头牛在塬上低头吃草，也是冷冷清清的
黄土坡千沟万壑，也是冷冷清清的
它沉默，平凡，像一张逝者的脸

崔完生看出来了
他说，这里是陕北
草木的根在土里
水在井底

（原载《诗潮》2018 年第 5 期）

妈妈离开我整整半年了

_泉子

妈妈离开我整整半年了，
但她并不是真正离开，
而是获得了一种自由，
而是无所不在，
是通过每一朵花，每一粒草，
每一颗露珠，
通过我们头顶的满天繁星
来与我相见。

（原载微信公众号"婺江文学"2018 年 5 月 7 日）

魔法师

_天界

从口袋里掏出一把瓜子
犹如从夏夜稠黏的空中抓来一把星星
他觉得无聊
便赞美瓜子。比如瓜子脸

最好的玩具
是手指
它听从瓜子命令。伸直弯曲
每一个细小环节都带着艺术

星星效力于哑巴
闪着烟头一明一暗的无趣的火光
一只只深邃眼睛,飞啊飞
手指在舞蹈

剥开的瓜子,有的紧实
有的饱满,有的松垮——
哦这公平的上帝。比如拙笨的手指
带有风暴

(原载《星河》2018 年春卷)

雨水节

_颜梅玖

窗外,雨沙沙地滴落
我躺在床上
从一本库切的小说里歇下来
去听那窗外的雨声
房间里开着暖气
细叶兰第二次开出了
一串粉紫色的小花
厨房里煲着一小罐银耳羹
香甜的味道弥漫了整个房间
一整天了
我沉浸在小说的细节中
在时间的表皮上
雨自顾自地滴答着
均匀而有节奏
书中那个老摄影师的身份困境
会同着它,一起垒高了我的惶惑
这回,是应和
使我感到不安和不快

(原载《文学港》2018年第6期)

行吟

_云冉冉

下了整整一夜。晨风,鸟鸣,
草木的清香,都涌进木窗。

终于,雨停了。
终于,我们把过去梳理了一遍。

灯火和星辰都已失去,手上的旧书已合上。
我们不再提曾经风景,月下酒香,以及枝头花落。

披衣早起的人,竹杖芒鞋沾满了湿泥。
窗外,路过的人已开始互相遗忘。

山一程水一程,关于命运的走向我再不多言,
而你执拗地不肯取下墨镜,以遮掩沧桑,

和短暂休憩的倦意。从晨起到黄昏是不能重来的路,
所有的被裹挟,都在风急水湍处。

(原载《浙江诗人》2018 年第 1 期)

福建 卷

故乡雨大依旧

_ 安琪

返乡的水
游荡在故乡的雨夜
返乡的水混同故乡的水
游荡在故乡
瓢泼的雨夜
雨夜中一朵朵伞花游动
每一朵都藏着
古老城市的泪滴因为这是
故乡的雨
故乡的水
因为这是离乡背井人羞愧的往昔
我肯定不是良家妇女
我肯定我不是良家妇女否则就不会
背井离乡
我应该守着故乡红砖墙和雨水浸润出的
黑褐屋檐
生一个女儿抚育她成长

生一群乱跑乱叫的梦想
看它们汹涌
看它们枯萎
我应该守着故乡红砖墙黑褐屋檐下的老父老母
牵他们度过旺盛的中年
牵他们度过衰竭的晚年
我应该守着故乡的荔枝、龙眼，和芒果
守着水仙、玉兰和木棉
守着榕树、樟树和槐树
守着地瓜和地瓜腔
守着我们的闽南语
但我没有
雨夜潮湿，苔藓潮湿
西桥亭旧壕沟已更名宋河
大通北黄江嫔已更名安琪
举着流水的雨伞行走在故乡的青条石板路上
故乡雨大依旧
故乡依旧
浇灌我，用有情有义的雨，用悲欣交集的雨
和水。

（原载《闽南日报》2018年6月11日）

听雪

_巴客

雪的声音覆盖在她的身上，一层又一层。
光线微弱，她把头枕在纤细的草叶之上，
她邀请来的花瓣，是消瘦的，有纯粹的芳香。
"我死去的样子，好看吗？"她仿佛要笑，
但是没有。屋宇中有一列蚁群爬行，
画出弧线，充满变化。
"我有我自己的黑暗，你来不？"
但我在镜中不好吗？她躺的姿势
吸引我踏出镜框。我就踩在了寒冷之上。
这寒冷，我觉得是牢固的。"梦是简单的。"
雪的声音进入我的血，
她闭上了眼。

(原载《扬子江诗刊》2018 年第 1 期)

母亲

_成廷杰

母亲的双手轻轻滑过我的脊背
老茧粗糙
有金刚石划割玻璃的切肤之痛
炉火温暖着她的双眼
从甲骨上挪移的鱼尾纹波澜不惊
干涸了的井的内壁
童年的呼喊振聋发聩
老树的年轮加深了黑暗
而我的骨骼疯狂生长刺痛古老的太阳
逼着她走向山岚
作为一把火
我知道终有一天我会把母亲烧尽
我们的分离是我生命的第二次分娩

(原载微信公众号"作家网"2018年9月12日)

等车

_康城

等网约车
在公共汽车站台
小小的包装不进一本大书
或者另外一个人的故事
后埭溪不是一条溪
一条街道，不是歧途
不是误解的引导
罗宾森广场进入你的视线
周一，人数不多不少
不像周末，你迷失在混乱的人群
我并没有伸出手，也没有触摸到任何
发烫的物体
一本书不急着送出
一辆车还在地图上缓慢靠近
宁静难得到来
风暴刚过
需要一段宁静的时间
翻翻脸书

（原载《北流文艺》2018年第2期）

从根部到花瓣的距离

_林秀美

拨开绿色的荷叶　仍见光
在颈部
无声地奔跑

在最黑的夜
仍向往醒着
仍有内心空阔的人
细数花瓣的数量

明亮的花瓣　光洁　透明
但有多少梦　干冽　寒冷
在黑夜的后面
一面是淤泥一面是流水
一面是丑陋一面是惊艳
多少荷花在没有成为荷花之前
都是这样
被隐忍、掩埋、无声地遗忘

从根部到花瓣的距离
就是黑暗到光明的距离

（原载微信公众号"极地之境"2018年9月12日）

睡在天下

_汤养宗

家以外,朝东我能睡,朝西也能睡
身体已经服八卦,身体中的
金木水火土,负阴抱阳
又无依无靠,打铁的在打铁,做篾的在做篾
十万大山横卧于两侧,我鼾声如雷
十万火急是谁的急,屋顶有天,头下有枕
睡不着的那天,听鸡鸣,如听训诫
一声。两声。又一声。叫得山好水好人寂寞

(原载《诗潮》2018 年第 7 期)

窗口

_谢宜兴

最初是三楼东边的那扇窗
亮了,像暮色中一声嘹亮的啼哭
接着是五楼,灯光一盏盏亮起
像放学回家的孩子打开了一摞奖状
八楼十楼十三楼,东边西边
整个楼层,灯光渐次亮起
好像谁领到了一本又一本上岗证书
可我听到一声声"当当当"的心跳
又仿佛学校上课、生产队出工的钟声
班车出站、航班进港的提示
当十八楼顶层那面霓虹广告最后亮起
站在窗前,我看见了一个
亮着抽屉的柜子,像谁的身体
但看不见那些粗大纤细圆润皲裂青春苍老
的手,它们在不同时刻,或同时
把一个人生命中的每个窗口
一一点亮。然后,熄灭

(原载微信公众号"极地之境"2018年9月12日)

卧佛

_秀水沥阳

一切有为法
皆如梦幻泡影
如露亦如电
应作如是观
释迦牟尼涅槃后
留下这句话
他躺卧在那里
以自己肉身示现
这个生死问题
很多人视而不见

(原载秀水沥阳微信朋友圈 2018 年 9 月 21 日)

蝉冢

_ 徐小泓

夏日里的最后一声蝉鸣
被埋下
日脚就走到了偏西方向
工人开始种植
和这个季节格格不入的
行道树
看，一个个土坑
最终是会填满土的

月亮升起
也是最后一首挽歌
清亮、透白、孤寂
一首无法谱曲的
挽歌

玄关处，风从弄堂来
一只蟋蟀，抚了抚触须
秋天
就到了

我知道
没有一只鸣蝉，可以等到
秋天

（原载《厦门文学》2018 年第 3 期）

论一种坚硬的柔软

_吉小吉

除了巨大的书画功能,
一面悬崖峭壁和一张纸,
同样具有历史绵延的
柔软。此刻铺展在人们
面前的画卷呈现
单调的朱红色
是可以理解为心的单纯
和对子孙兴旺的执着和专一的。
面对场面宏大,密密麻麻挤满
弓箭鼓舞和站马步、手擎天的人。
他们今天已经走下悬崖
走出经卷书帛
拥挤在节日和火车站广场上。
去证实先人祈愿得以
实现的心,有一个无限
感慨的世界。历史一样柔软的,疼痛的。

(原载《广西文学》2018年第3期)

低音区

_刘春

有一种事物在楼顶盘旋,回环、跳跃
像装修工人用指头敲响新鲜的玻璃
但更优美、连贯,要与世界和解而不是对抗
体内的泪水,要成为上升的空气

我在新近落成的房屋里设计生活——
这里该摆上一张双人床,这里是茶几、沙发
除了电视机、会客室、梳妆台
还得腾出一小块灵魂休憩的地方

那声音漫开,先是柔板,然后
变得激越。一些陌生的召唤
从门窗缝隙流进来,挑拨耳垂
那令人心悸的震颤,终止了我的思想

把感情投入另一种情境之中
自己成为自己,与上午的小报编辑有了区别
哦,弹奏者应该是一个诗人
漂亮而好客,像梦中的茨维塔耶娃……

我清醒过来,透过被防盗网割裂的天空
观察其他户主的反应。乐音越来越响亮了

笼罩住整个居民区,为什么没有人出面抗议
甚至所有的民工都停下了手中的钉锤

一道光从体内滑过,像荷叶上的露珠
细微、安宁、转瞬即逝
我开始颤抖:除了这些令人心动的细节
还有什么值得一个男人去哭泣

(原载《独秀峰》2018年夏季号)

颧骨

_陆辉艳

打一口井,钻到土层深处的石头了
才有最好的水

过独木桥,必须低头
必须心无旁骛
才不会踩空

白蚁蛀空的杉树啊
高大的事物,在持续的力量前
最终与大地平行

但我岩石一样突出的颧骨
没有什么可以让它低下去

时间挤着它越往高处
击败我最后的虚空

(原载《星星》2018年第4期)

梧州小唱

_汤松波

1

白云山下
喝一杯冰泉豆浆
那是世俗的、可握的幸福
豆浆里，浮着梧州人
儿时的阳光
熟悉的面容

生命像流水
在时间的怀里聚集、消散
直至无影无踪
我常常忍不住回头
就为多看你一眼
就为把岁月煮成一杯豆浆
邀你静坐下来，听我
把那首绿城水都的恋歌

从头至尾地唱完

2

乡土的诗篇，于我
一定与紫藤有关
在梧州，在藤县
我就喜欢那一个藤字
——藤缠树的藤
紫藤的藤

紫藤，我需要脱胎换骨
需要把诗意的奔波
栖息在你摇曳顾盼的枝头
在炊烟爬向故园茅屋的瞬间
轻唤一声，即成小令
待我转过身来
就会成为你架下最美的新娘

(原载《草堂》2018年第6期)

白布黑布

_唐女

黑布裹着一截枯木

站在房间默不作声
白布衣袖拂来撩去
里面空荡荡

他们曲腰发出蝙蝠的尖叫
要肉体要灵魂
要独立要自由
比我们的要求还高

这些虚位以待的白布黑布
如果得逞
那裹着白布黑布的我们
又算什么

（原载《广西文学》2018 年第 9 期）

风的词条

_田湘

这是风的词条
随性、健忘、创造、毁灭、虚无

风说，浪迹是自由
静止也是自由
我想追风，风说好啊
可风是个健忘的朋友

风在春天吹绿了叶，成了债主
叶到秋天向它还债，可风早已忘却

风一次次被墙拒绝
可风依然飞蛾般向墙扑去
爱一次，伤一次
毁灭一次，又重来一次
风不断让自己再生

风到底是谁派来的
它抚慰我也鞭打我
我既爱它又恨它
可风生来就只懂遗忘
又岂是爱恨所能摧毁

风说来就来，说走就走
那么随性，我这一生可能也做不到

我时常为一些小事纠结
就像今天我站在风里，听瑟瑟的秋风
听着听着，就泪流满面
或许我永远也学不了风

风没有记忆，这多好啊
把悲伤交给风，就是交给遗忘

风啊风，从虚无中来
又向虚无中去。总有一天
我也变成一阵风

（原载《诗刊》上半月 2018 年第 3 期）

伟大的马路

_ 琬琦

据说,条条大道通罗马
条条马路,都应该通往幸福生活

即使马路曾一次次被挖开
埋进不同的管道
但不会妨碍河流从此处运往彼处
一座座荒凉的村庄和森林
被一点点搬往灯火辉煌的城市

马路如此伟大
我们应该在马路两边竖上牌子
刻上文字,纪念所有庄重的时刻:
动工。奠基。通车。流量
可能的话,还应刻下车祸遇难者的姓名

而安徽蚌埠的这条马路
一定要刻下那个小女孩的名字
要特别注明:她被埋在家门口的路基下
她身上那件小小的黄汗衫
落满了水泥渣土

(原载《南丹文学》2018 年第 1 期)

海南 卷

机缘

_艾子

11月,秋冬交替之际
通往罗马的大道
啪地拐了个弯
暂别文字、合同、闹钟
我只专注管理身体

秋阳呆呆,适宜晾晒冬被
我把颈椎打开
梳理打结的经络、堵塞的潮气
从酸疼的关节拔出高跟鞋
给C罩杯松绑
清洗皮肤的铅华
倒出大脑中的
新闻　厚黑学

清空的脑袋多么轻松啊
日观藏红花打坐

月下看橘子给冬天点灯
一只机敏的猫
在我的体内玩皮球

僧问：枯树逢春时如何？
师（大乘山和尚）曰：世间稀有

（原载《海南日报》2018 年 1 月 19 日）

来客

_ 陈波来

顺道和反常，是事件的两面。是中有非
是筷子也可以致命地插进心脏
他推门的时候是朗朗晴天，甫一闭门
天开始下雨

过后的叙述总得瞻前顾后，如同
春花秋月，前因后果
但事件突发，时间背后铿然一声响钹
旁观者即使呆若木鸡，也得匆忙回到起点打捞证词

情节退而次之，是悬念
让不安的指节显现。直接的磨锉，如决堤之蚁
继而化作有翅羽的满目小飞舞，先于大雨之前挣扎向死
他的另一半脸转过来

窄路相逢，或者变化的天气里
互不相干的一面之缘。秒记的面对面：石头、剪刀、布
或者就此一语弃绝：生活时时从熟稔的部分揭示
陌生与错愕。或者一叶知秋，无辜地洞悉全部

全部，累累悬于一念
一念之下吉凶难测，一念是让未知的全部陡失重量的
那根稻草。门开了又关上。人走了。天晴了
谁也没有说清楚他最初亮出的一半脸

（原载《湛江文学》2018年第5期）

老船木

_韩庆成

曾经是伟岸的树
绿叶掩映的躯体，遮挡过
自海而来的台风
有一天它们集体倒下
斧刨锯凿的盛宴之后
成为劈浪的舷首
远行的桨舵
成为一条奔向南方之海的船

而今它们静静躺在这里

残破的身躯
再一次被排列，被组合，被命名
成为厚重的桌、台、凳、椅
成为惊涛骇浪之后
一方沉默的海

我在这黑色的海上品茗
细小的纹理中藏有滔天的海浪
我品出遥远的腥风
品出将至的骤雨

（原载"中国诗歌流派网"2018年10月6日）

西湖：一个城市的情感写真

_ 胡亮平

杭州有西湖　苏堤春柳
"水光潋滟晴方好　山色空蒙雨亦奇"
三十七岁苏子瞻初遇十二岁的王朝云
心旌摇曳如骚年　挥毫泼墨
"欲把西湖比西子　淡妆浓抹总相宜"
千古名句横空出世
苏子瞻恨不得把整个西湖的水
都给朝云比下去

南粤惠州有西湖　一池云锦　湖波微澜

恍惚间六如亭
如梦如幻如泡如影如舞如电
玉骨那愁瘴雾　冰肌自有仙风
一阵肃穆　几分庄严　数瓣心香
合掌　弯腰　低头　作揖
为时年六旬的苏学士顿失佳人而悲悯
为苏学士延续了千年的一腔爱怜而感触
洗妆不褪唇红　高情已逐晓云空
不与梨花同梦
不合时宜　惟有朝云能识我
独弹古调　每逢暮雨倍思卿

922年前
五十九岁悲伤的苏学士把三十四岁的朝云
入殓　安葬于西湖孤山　栖禅寺　东南角
高耸入云的泗洲塔在前方瞭望　守护
清澈明朗的西湖水在山下低吟　浅唱

（原载微信公众号"长城吟韵"2018年8月22日）

日月湾

_李恒

揽日月入怀
邀苍茫同辉
劈开礁石立大海之门

追逐远方和彼岸的梦

弄潮儿浪尖上的飞舞
谱写着曼妙的乐章
沙滩、波涛、椰树、阳光伴着潮起潮落
浮现着一幅幅恢宏的画卷

夜幕下的篝火
燃起少年时不解风情的记忆
青皮林下的渔家灯火
述说着千古轮回的耕海传奇
点一炷香火
祈求妈祖恩赐
南海之滨不朽的美丽诗篇

(原载李恒微信朋友圈2018年1月19日)

他

_林江合

他站在村子的这头
背后是茫茫的中国
远隔着一条溪流、海螺和椰子
村子的那头
是广大的深邃的北方

他沟壑纵横的手
攥着他那赖以生存的锄头
锄头杆上的青草
从他的脚下一路肆虐着
驱走了飞扬的眉毛

今年不是个丰收年
小麦挣扎着从迂腐的秋风中
一步一步艰难地踏进了大地
月光还来不及收割他沉默的忧愁
空气
比谎言更锋利的空气从他的鼻腔
推开了地球

他站在父亲、父亲的父亲、母亲……代代困在春天的土地上
他轻轻把冬天放进胸膛
他站在父亲、父亲的父亲、母亲……代代凝望的村子一头
背后是不断蒸发的波涛
远隔着神、信徒和异教徒
村子的那头
是寂寞也无法摧毁的清清的南方

(原载《诗刊》下半月2018年第4期)

播种

_明袂

葵花子撒进暮色里
在夜晚,迎来小小的月亮初潮
印在我的手掌心上
它会失眠,它会寒冷
会沿着向日葵
钻进春天的被褥
一粒花籽的宿命,与人类如此相似
我们最终都会拥入大地的怀里
无论是以花瓣或者尘土的形式
生命如此卑微,这是我们
从大自然里读到的深刻蕴意
而在轮回里,我们相遇,猝不及防
在轮回里,我们的思想
代替我们完成下一个轮回

(原载"中国诗歌流派网"2018年9月24日)

山水

_彭桐

山要深
引导眼睛寻找云雾中的精灵
水也要深
带着好奇的足迹探秘龙诞生的谜底

每一处山水之间
都是可以揽入胸怀的时空
有草木的脐带相连
有勃勃生机的春,金色收获的秋
还有阳光和雨水,清新和迷蒙
也是自然馈赠大地的奖赏

世界由山水组成
有人挺拔如山,有人绵长似水
无论山水
闪光的是情感的真挚
不老的是思想的深邃

(原载《海南日报》2018 年 3 月 18 日)

那片海

_佘正斌

不轻狂，也不宁静
仿佛内心中的波涛在有限的
篇幅中，起伏不定

如同童年的懵懂
在一场游戏里被爱情荡出记忆

高扬或者跌落
都是一场舞剧最激动人心的
旋律。更多的时候
我们都在故事落幕之后
才进入剧情

（原载《椰城》2018 年第 8 期）

草木回到人间

_许燕影

一场雨后，草木回到人间
青草气息里有植物的拔节声
复苏和死亡层层交替
一生开一次花的塔希娜棕榈
我突然害怕它开出花朵

雨珠滚落在鱼尾葵叶上
鲜红的果实是诱惑的陷阱
印度马钱子不动声色
见血封喉透着冷冷的寒光
而唯一的解药红背竹芋草触手可及

海芒果失踪曾引发一场恐慌
洋金凤和紫檀自顾夫妻树的传奇
吐鲁香早已习惯暗自幽香
唯有断肠草黄色的花如此耀目
都知道神秘果随时可以混淆味觉
但谁能决然饮尽这世间之毒

仿佛生死界穿越，这个午后
有人用柚木叶染亮了双唇

（原载《诗刊》下半月2018年第7期）

致六一居士欧阳修

_远岸

无法和你开怀对饮
是我
也是你
不醉不说的遗憾

你的万卷经书
是时光魔法手中的
一杯冷饮

一千年的距离
有点远
有点寂寞

是酒前下棋
还是醉后听琴

月亮千年孤寒
太阳万世独傲

多少秘密
是深夜里的石头

多少谎言
在谎言的疯狂中辉煌

呵呵　呵呵

你说醉翁之意不在酒
我说醉翁之意只在酒

你说的是酒话
我说的是醉话

醉翁之意
只在酒

（原载微信公众号"诗歌周刊"2018年总第1727期）

飞鸟

_ 乐冰

鸟儿在天上飞翔
它可以从这个国家
飞到那个国家
不用去办护照、签证
也用不着办行李托运
它飞越过多少国家
见过多少世面啊

虽然是漫长的路
但终究是一条自由的路

（原载《海拔》2018 年第 5 期）

广东
卷

拟诗记,诗歌史

_ 阿翔

树林上空的是火焰,手臂上枕着,没有什么
比诗歌微小而微小的柔弱更有力。生气的人戴着马脸
坏人装着狗肺
得其形而不能得其神。
溺死者的闪电,即使那么远,依然复活过来
是它的坚强,敦促我加深家徒四壁
意识到椅子越来越陌生
像一笔糊涂账,看起来是诚实的。
月色散落于四野同样安静,往事陷得更深
像是从我梦里冒出来的,隐约可见。
现在不必顾忌一切,要像个艺术家,我终要说出
说出我所看见的,不必寄托蒙在鼓里的耳朵
仿佛这就是活着的真相,不可抗拒。
对我来说,这诗歌有隔代遗传
有茂盛的草木,来到水边
那时候镜子不常有,它曾经为我们敞开,看波光摇曳
而当下离此刻很近,报纸上面落满灰尘。

我感觉到这样的聚集
我说,我是在忍受着呆滞,这无法预测到的变化
此刻从这里望出去
我的万物之心如此坚定,大美而无言
不任其荒芜。

(原载《椰城》2018 年第 9 期)

花儿开的日子(外一首)

_ 波儿

这一年,过得这么快
昨天的第一场春雪
来得又是那么慢,还那么矫情
一片片薄白,覆盖着之前的日子

心情突然变得美好起来
抖一抖窗前的小树
薄纱轻轻坠落
新绿的芽,几分羞涩,几分朦胧

我掰开手指
数着花儿开的日子
抬起头
眼中无尽的彩虹

秋的漩涡

银黄的杏叶
于枝头沙沙颤动
直到用尽一生的爱
穿过阳光的影子
在云海之下翻飞起舞
和着风
汇成金色的湖

终于在某一天
我迷路了
揣着满怀心事
裹在金黄的季节里
被一阵风
卷进了秋的漩涡

(原载《扬子江》2018 年第 6 期)

赝品博物馆

_冯娜

怎么能展览心事,在满是赝品的博物馆
一个声音在暗处说,"忘记你见过的一切"
历朝历代的纹饰珍藏着每一根线条的记忆

我找到过打死结的部分

古代那么多能工巧匠,奔走于作坊与画室之间
在器物中哑默的人,在一张素帛的经纬上面
怎么能铺展心灵,对着流逝

——他们能理解一个诗人、一个相信炼金术的后代
还能通过肉眼甄别瓷器上的釉彩
我们拥有相同的、模糊的、裸露的时间,和忍耐
也许,还拥有过相同的、精妙的、幽闭的心事

相互压缩的钟表,每跳过一格
就有一种真实冲破坚硬的铜,锈成晶体
赝品摆在赝品的位置上
不理会人们的目光,带着传世的决心

(原载《诗刊》上半月2018年第5期)

旧木器

_郭金牛

父亲在病中,又将旧木器重新漆了一遍
我不知道
这孤单的黑色,伸手不见五指,是岁月的另一部分吗?
它有什么值得
父亲付出神秘而深情的眼神?

啊,秋天的旧木器,另一头
已经骨质松散
它有甜蜜的子宫,和一支家眷。

(原载《写诗要注意安全》,先驱出版社 2018 年 9 月版)

爱惜自己的羽毛

_ 蒋志武

当灰烬之鸟落在你的手上
它与时间长久搏斗的双爪已失去力气
我们要小心翼翼搀扶它
并为它的羽毛涂上一层更厚实的颜料
尝试修补它飞翔的裂缝
不再虚构天空

我的羽毛已藏在面庞之中
它在人世的过多安慰和解释中被慢慢擦亮
在时间的隧道中飞行,爬满了斧柄
当活着就是从身体中分割出另一个自己
百万粒哭泣的细胞将成熟

这个世界,我们贪睡于物的表面
不可复活的面具,成为唯一的幽灵
无论在哪里,那些美好的,感动人心的事物
都值得我们去多看几眼,自己的羽毛

就应该沿着锋芒的内心贴地飞行
毕竟,通往死亡的路是漫长的
需要你走到死亡的对岸去

(原载《钟山》2018 年第 5 期)

长江简史

_ 赖廷阶

遥远的格拉丹东雪山未始料未及
思想开了一次小差,便成就了一个壮举
那些高处不胜寒的积雪
经不住一点点阳光的诱惑
如同思凡的仙女,化成涓涓细流
偷偷溜下山来

这些来自遥远的格拉丹东雪山
细如麻线的小溪,邀约在一起
历尽无数波折
径直向东,投奔大海。她们一路走得艰辛
稍不留神,就会被高山深谷一口吞噬
一次小小的干旱,就可以使她们夭折
小孩的一次异想天开
就可以让她们原地打转

好在她们有的是韧劲和耐性

遇到绊脚石，就绕道而行。掉进陷阱
她们就用时间将其填满
碰到悬崖，她们就闭上眼睛纵身一跃
成为惊心动魄的风景
她们沿途兼收并蓄，不择细流
步子越迈越大，思维越来越开阔

她们挥如椽巨笔随意点染
所到之处绿树成荫，水草丰茂，果实累累
猿猴们纷纷从树上下来
站直了身体，用两腿行走
学会了制造和使用工具，狩猎和种植庄稼
用语言交流思想
懂得了结绳记事，把思想和语言
刻入龟甲和兽骨

随着时间的推移，这条流水的行程越来越漫长
队伍越来越壮大，6397千米的长度
让世界记住了她的芳名
江南江北沿岸村庄如雨后春笋
纷纷蹿出地面，炊烟袅袅，鸡鸣狗吠
机杼之声不绝于耳

人们用布衣替代了兽皮和树叶遮羞
走上集市，以物易物
彼此交换自己的劳动果实
嫌烦琐，就从捡来贝壳，交换盐、布匹和食品
货币雏形由此诞生。市场由此诞生

一条江，含辛茹苦
滋养了一个民族五千年的文明史

（原载《诗选刊》2018年第7期）

巴黎，巴黎

_李立

埃菲尔铁塔和塞纳河两岸的古建筑
还是从前的模样，但河水早已不是
当年的河水，从卢浮宫出来
我仔细搜寻当年的那个身影，已物是人非

那时导游口若悬河，说巴黎黑人小偷多
东北来的下岗妇女多，沿着他手指的方向
街边一张躲在夕阳下的东方面孔略显彷徨
我竟然荒谬地想上前与她交流！她一言不发
掉头走了。后来一个留学生告诉我
她们是一群受害者，在国内，在巴黎
国人深深地伤害了她们，包括
我愚钝无知的眼光和动机，再次
伤害了她们可怜的自尊

我们几乎是沿着2002年的足迹，重走一遍
香榭丽舍大道的风依然飘着浓稠的香水味
巴黎圣母院还是那么无精打采，令国人
心往神驰的红磨坊，门口仍然排起长队
舞台上清一色的魔鬼身材，十三年前
她们跟从东北来的妇女同胞一样
舞动的时候，一丝不挂的青春美得能发出颤音，而今

我多么希望,我的那些同胞跟她们一样
个个身着华丽的衣裳,愉悦地跳着
令人心醉的舞姿

(原载《天涯》2018 年第 4 期)

谁在我的梦里敲玻璃

_ 林馥娜

砰砰响的玻璃
惊醒睡梦中的我
父亲站在阳台落地玻璃边
不得其门而入
瘦弱的父亲已推不开
一扇进屋的门
就如曾经走南串北的他已认不得
独自归家的路
前后出来查看的先生与我
只见玻璃门洞开着
而房间里父亲正在熟睡
是谁在我的梦里敲玻璃
岁月越来越频繁地揭露
我内心的软弱

(原载《六盘山》2018 年第 7 期)

共享单车

_刘郎

共享单车很整齐地被停靠在路边上
像旁边的一队小学生排队被老师带领着

有那么一瞬,我感觉它们是不需要人来驾驶的
只要愿意,它们自己就会跑起来

从早晨开始,阳光用越来越重的巴掌
拍打着我们
能看到一些人的脸,越来越红
但还是有很长的一段路要走

和我们一样,
它们也不能自己决定要去什么地方

(原载《诗歌周刊》2018年7月21日总第319期)

小雪人不要融化

_吕贵品

有一个人　从远方向我走来
我在送香弄影的风里看到了她

春天桃花的雾　遥遥地
飘来我找她的　一条茫茫小路
小路曲折　没有中断　草没有蔓延

夏天兰花的雨　静静地
敲着我读她的　一扇朦朦小窗
小窗忧郁　没有推开　风没有进来

秋天菊花的露　悄悄地
滚动我想她的　一片凉凉月光
月光寂寞　没有清澈　梦没有破解

冬天梅花的雪　厚厚地
封存我迎她的　一道楚楚门槛
门槛静卧　没有跃起　人没有辞别

那一天我发现　等待就是一只小兽
正静静地蹲在我的面前
我破雪推门而出

用这只小兽的形象堆了一个雪人

而那个人一直走在向我奔来的路上
也许还没来得及看到这个雪人
太阳就让大雪回到了海里

(原载吕贵品微信朋友圈2018年9月15日)

深圳的小雨

_马晓康

只有下小雨的时候。你才能看到
那些个释然的路人
都隐藏着,令他们,歇斯底里的,心事

住在隔壁的服务员姐妹走了
皮箱,叮叮当当的
从六楼,一直响到一楼

认识那么久。我却羞于,道个别
等我打开窗户时
小雨里的街道,变得,更黑了
我望不到她们
只听见,咕噜,咕噜
滑轮,在沥青路上,滚动的声音

(原载《延河诗刊》2018年第4期)

池塘里的花朵迎风成人

_唐成茂

潮湿的身子　以蛇的方式　让幸福
绕道而行
春天已迫不及待　池塘里的花朵　扑扇着翅膀
迎风成人
你梦中的神鸟　就在心中　就在最隐秘的地方
被你忽视

青春左右抖动　理想墨迹未干
昨天漫山遍野的大雪　抹平人世纷争
春风又被春天　从心口的位置
踩出吱呀之声
紫藤草和一些哲理　已有默契　不再和人间的事情
纠缠　麻雀和杜鹃花的交谈
意味深长

门前那口老井　装着《苔丝》
井里没有污泥　官场没有活水
百年老井才可能
守身如玉

已长大成人的芭蕉　以及厚道
被赤身裸体的黄牛　慢慢咀嚼

风雨兼程的梧桐树　　到黄昏
点点滴滴都是春困
烟斗里的年华　　忽闪忽闪
所有村道都为 2002 年的第一场雪　　重新定位
民俗洗了一遍又一遍
白胡子老人戴着斗笠和道德　　站在乡村的心里
站在国和家最关键的部位
像前线的老兵　　守着自己的战壕
我那苦水里泡出的乡亲　　我那仙风道骨的乡情
才守住了　　乡村　　春光
千年石板路上的　　质朴

（原载《中国作家》2018 年第 1 期）

致光荣了的诗人邵春光

_ 王小妮

这一年这个春天，风真大
顺便叫上了邵
尘埃忽然要选一个领路人。

这一年这春天不是来送温情的。
它急着发出《光荣证》
受勋者只有一个
邵就这样被匆忙点到名
世上从此少了个玩家。

他不稳定的一生只管写小诗
写失败怎样玩弄成功
还常常给这两个对手颠倒换位
从中得到的欢乐
自然比伟大诗人们要多。

跟着春天的风走一走
挺不错。
被吹到树枝和河汊之间
歪歪斜斜的那个
就是写诗的邵春光。

(原载《草堂》2018 年第 3 期)

将来的味道

_谢小灵

线条比它构成的物质轻
水在阅读,银圆暴跌为一张瀑布
河流入海的时候先进行赛跑,二月再会回来
风吹动一个不需要说话的人
沸腾的水分子一脚深一脚浅
木匠猛击木头,他索要声音,夜里把各种声音折叠好
敲打凳子敲打钉子。用暴力
果然,所有的木头在他手里都顺利发出声音

他毕生都在迫使一根树木供出另一个内心
虚在与实在的他熟悉藕草的功效
消失于复活，诞生在虚无中
高速路永不回头的车和人
旧的火车站里蛇皮袋子和人鱼贯而出，美女躺在空椅子上入睡
莫奈的干草堆沿着山坡捆绑了大片流动的光线
他是把声音移植给树的人，一旦树学会了，开花就是说话
话语就是人在开花，一个读书人采纳了无知
拧亮台灯对沉默的书籍施加暴行
红薯土豆构成土地潜力的部分
纹理的走向自出机杼，在看不见的筘齿之间穿梭
叶子和果瓜，逶迤的藤，秧苗成年后展示全部家当
他们汹涌的长势，熟悉防疫工程
洞悉地下的老鼠，花生在铁锅加热花生
遗忘了它圆的铜钱币的通透的叶
连带着泥土捂着热汗
来图书馆的人不问上帝读什么书，不管神的审美取向
鸽子逡巡的地方碎骨头煮成一锅
有哪匹马在暗处放弃了一切行走和足迹它才开始飞翔
那人自诩能够一瞬间踏入同一个异乡
荏苒、葼蔓有拂绿的心，萱草担任了忘忧一职
没有风肯为你伫立，耳熟能详的呼啦啦
问不出什么，也可以珍惜。

（原载《金土地》2018 年下半年卷）

在兰州,我第一次见到黄河

_行顺

黄河并不黄
黄河简直不像黄河
在兰州,黄河清澈、平缓
宛如一条与世无争的飘带
在兰州生活的人们啊
缓慢地走在中山桥上
他们甚至不知道穿城而过的这条河
以后会变成黄河的样子
就好像在我的乡亲眼里
那些离家远去的少年
始终保持着淳朴善良的形象

(原载《诗歌周刊》2018年7月21日总第319期)

越逃越远

_ 徐敬亚

有什么
比德令哈更加漫长
扔向天边儿的灰线团
越滚越远
满车疲惫的人开始焦虑不安
只有我暗自庆幸

那绳索
捆了我多少年
纵马荒原,我才顿感浑身勒紧
为什么越远
我越高兴,胸前
缠绕的家伙们正一圈圈松脱

刚刚越狱的囚徒
就要逃离
让我享受这不断延续的漫长
背后的灰尘,仍在
滚滚追赶
甩开它,只有
快马加鞭,越逃越远

漫长又漫长的路
永远走不完,该有
多好
这世上
消失了德令哈
该有多好

(原载《百年新诗网络诗典》,江西高校出版社 2018 年 11 月版)

又见康桥

_ 杨克

康河的风没将夕阳吹老,
河畔的金柳浸染半江月色,
我经韦斯特路向你问好,
好像孤星走上城堡。

今夜我代你回到英伦,
正如当年你代我离开。
两个天空争抢,
一袖子带不走的云彩。

头上这轮新月曾照过你
满河斑斓的星辉,你今何在?
翅膀扇动远岸的秋色
呢喃在水边的是两只天鹅。

谁的长篙搅动八月的沉默，
风中有人唤我杨克。
夜半秋虫不来，
徒留水草在叫志摩。

你拼命抓住稍纵即逝的虹，
以一颗水泡维系人心的凉薄。
四季更替是宇宙的法则，
草木枯荣始见生命的深刻。

悄悄地我从你的小路走过，
诗碑在上，我不能放歌。
你不必讶异，更无须说破，
捧起投影在波心的一片月色。

（原载《剑桥最美的诗》2018 年版）

一个人的海湾

_朱积

一个破败的水闸
加重了海湾的荒野

我缓步走在黄昏的边缘
几只散步的螃蟹

使空洞的黄昏

有了细节

我沉醉于黄昏的美好

也许听到我的脚步

那几只螃蟹仓皇入洞

我一时惶惑

我也是散步的人

我也爱黄昏

我爱黄昏里有你们

我无意妨碍你们

细流从水闸

潺潺地流入水沟

水沟很浅

列布的石块上

开着深红的海花

我还没见过鲜活的海花呢

我蹲下身子

海花静静地红着

海花　你一直就是这样子吗

为了等我的到来

你红了多少年

逆流游来三条银色的小鱼

在海花旁边晃荡

夕阳离我很远

一只白鸟拍拍身子飞走了

黄昏却挨我脚边蹲下

（原载《火花》2018年第7期）

编后记

_韩庆成

　　一年一度的中国诗歌年选今天编竣。与去年不同，今年的编辑一直伴随着正在搅动诗坛的"曹伊垃圾论争"。作为论争文章首发媒体《诗歌周刊》的主编，我是左手编着中国诗歌年选，右手编着曹伊论争的各方来稿，时不时，思绪就会恍惚一下。这也时时提醒我，如何避免让新诗中"99%的垃圾"，出现在这本呈现于读者面前的年度诗歌选本中。

　　一个称职的编选者，不愁选不到好诗。中国诗人那么多，据说有上百万，我们不按1%算，按0.1%算，好诗人也有上千，每人选一首，也有上千首可供挑选。愁的是如何不让"垃圾诗"进入选本，这考验的，不仅仅是编选者的眼光。

　　很多诗人、学者、读者，习惯将口语诗与口水、垃圾联系在一起，殊不知，书面语言的诗歌泛起口水来，不知要比口语诗垃圾多少倍。口语诗的口水，至少你能看明白，它是清澈的，书面语的口水你看不清楚，它是浑浊的。如果一定要口水，我肯定不会接受浑浊的口水。说得形象点，口语诗的口水是一个正常人流出来的，书面语的口水是一个病人流出来的，新诗百年后的诗人，我想自然首先得是个正常的人。

　　在左手、右手之外，其实我还借了第三只手，在年选、论争的缝隙，用来编《异类诗库》和《百年新诗流派大系》。新诗百年，真正能称上大师的，我看第一个要属洛夫。第二个百年能称大师的，或将从《异类诗库》的诗人中产生。从来没有人把洛夫称为口语诗人，但我以为，即使我们不把他算作口语诗人，他在艺术巅峰期，也是把口语用得最好的诗人，是真正的口语诗大师。口语诗、新诗照他这样写，才是另一个百年的出路。《异类诗库》所选诗人，除我以外，正是这条路上步履踏实的高手。洛夫是"流派大系"中唯一收了三首诗的诗人，随手拿来其中一首《长恨歌》，限于本文篇幅，只选开始部分的四句稍作解读：

> 她是
> 杨氏家谱中
> 翻开第一页便仰在那里的
> 一片白肉

何为白肉？肉有红白，红，为瘦肉，白，为肥肉——皇上好的，不过一口肥肉而已；何为第一页？开卷之作，但也不是封面——如无马嵬坡，则必是封面无疑；何为仰在那里？生之仪态，死之哀状——此为贵妃的一生，也是皇上的一生。好了，中国数千年绵延不绝的封建皇权、尊卑等级、虚华表象、不堪内里，被这三片口语，表现得淋漓尽致。

回到这部年选，作为编者，我们要做的，就是尽最大的努力，把这样微妙绝伦、有回味、有见地的好诗选出来，以不负出版者重托，不负读者期许。而不会在意口语、书面语这类门户之见、空泛之究。

今天恰逢《诗歌周刊》微信版创刊五周年，这份中国最早的微信诗歌日刊，开创了手机读诗的先河。本书中，有相当篇幅的作品，选自包括《诗歌周刊》在内的微信公众号，因而这本年选称得上是贴近普通读者、贴近生存现实的可读之书。

本书承续去年的编辑体例：以中国行政区域（省、自治区、直辖市）分卷排列，排列顺序借用中央气象台天气预报所采用的序列。每卷收录的诗人，按拼音排序。同时要继续感谢各地组稿人：爱松、安琪、曹谁、陈跃军、大枪、导夫、董辑、方文竹、高亚斌、宫白云、黑光、胡茗茗、刘春、刘涛、慕白、南鸥、彭志强、三色堇、唐成茂、唐江波、唐诗、王士强、吴投文、潇潇、雪鹰、郁郁、张洁、张无为、张晓雪、赵亚东，他们的悉心初选，让本书品质有了基础性的保证。

2018 年 10 月 5 日于海南